鷗外の花暦

青木宏一郎

株式会社　養賢堂発行
2008

はじめに

森鷗外には、意外にも子煩悩でマイホームパパという一面があった。たとえば、息子とその友達を引き連れて上野動物園に出かけたり、博覧会の仮設富士山に登るために、家族揃って長蛇の列に並んだりしている。

陸軍軍医である鷗外は、職業からみても、『阿部一族』などの作品から想像しても、気むずかしい人であったように思える。が、実際はさにあらず。子供たちとクリスマスツリーを囲んだり、ガーデニングにいそしんだり、という優しい心の持ち主だった。

鷗外の趣味がガーデニングであったということは、一般にはあまり知られていない。だが、彼の書いた小説や戯曲、翻訳を読むと、かなりの花好きであったことがわかる。それらの作品には、珍しい花を含めてたくさんの植物が登場する。たとえば、『伊澤蘭軒《いさわらんけん》』には百種を超える植物が記されている。また、『秋夕夢《しゅうせきむ》』にはミルッス（ギンバイカ）、『澀江抽齋《しぶえちゅうさい》』には檉柳（ギョリュウ）、『山椒太夫』には柞（カシやナラ類の古名）が使われている。鷗外は博識

ギンバイカ

であったことから多種類の植物が登場すると思われるが、それだけではなく無類の花好きであった。

自邸の庭には、とくに好んだといわれるナツツバキをはじめとして、グビジンソウ、サントオレア、キキョウ、クジャクソウ、ケイトウ、シャクヤク、ジニア、セキチク、ダリア、ナスタチウム、ヒマワリ、ヒアシンス、マツバボタンなど色とりどり、百種を超える花が植えられていた。

鷗外のガーデニング好きは、彼自身が書いた『花暦』と日記が証明している。それらを見ると、彼にとってガーデニングは趣味の一つであっただけでなく、多忙な日常にあって、心をなごませてくれる貴重な時間でもあったのだろう。そのあたりのことは、妹（喜美子）や子供たち（於菟《おと》、茉莉《まり》、杏奴《あんぬ》、類《るい》）のエッセイなどを見るとよくわかる。

鷗外がガーデニングを始めたのは、今から百年以上も前の明治二十五年のこと。以後、彼は大正十一年まで三十一年間の長きにわたって、花に囲まれた暮らしをまっとうした。鷗外の半生をかけて愛した花々を、『花暦』と日記などを通して紹介したい。

ギョリュウ

目次

はじめに 1

第一章 自筆の『花暦』

『花暦』二つの不思議 6
早春の花々 9
ハクモクレンの開花に始まる四月 19
アヤメやヤグルマソウの初夏 33
沙羅の花が咲く六月 47
花が咲き乱れる七月 57
フヨウ、ヒマワリ、夏の花真っ盛り 78
シオンが秋を告げる九月 84
鷗外の愛した花を探る 87

第二章 日記の中の花暦

花が恋人であった明治三十一年 94
好きな花は変わらない 113

第三章　鷗外のガーデニング

執筆・ガーデニングに熱の入った大正二年　115
芭蕉二株から始まる庭づくり　124
三百二十坪の庭をデザインする　126
毛虫退治をした門から玄関までの庭　129
沙羅の花が咲く主庭　131
鷗外が最も愛した花畑　134
愛娘・茉莉が見つけた〝パッパ〟のガーデン　136
鷗外の父が写る夏の写真　137
家族の思い出がいっぱいつまった東側の庭　142
子供らが遊び、イタチが踊る中庭　144
鷗外晩年のガーデニング　145
おわりに　151
主な引用参考文献　153
鷗外の庭に生育した植物　157

第一章

自筆の『花暦』

ナツツバキ

6 『花暦』二つの不思議

『花暦』は半紙四枚に書かれ、筆跡から見て、鷗外自身が書いたことは間違いない。書かれた年の記載がなく、もしかすると、その紙と一緒にもう一枚、花暦を書いた年と目的がわかるようなメモがあったのではないかという気もする。それは、『花暦』が単なる気まぐれで書かれたものではないからである。

そこで、書いた年を検討すると、前年に花の種を蒔くことができたこと、日記の書かれなかった年などからして、明治三十年と推測した。

『花暦』は、二月から九月まで、八カ月間の開花状況が記されている。書かれた日数は四十三日、登場する花は約七十種である。記録するためには毎日忘れずに観察しなければならない。

また、日々増えていくメモ類もきちんと保管する必要がある。実際には、なかなかに大変な作業なのである。

しかし、それほどの時間と情熱を注いだ『花暦』であるのに、不思議なことに全集はもちろん、関連本や雑誌などでもまったく触れられていない。

『花暦』を書いたのは、東京・根津に移り住んだ明治二十五年以降であることは確か。

翌二十六年は、まだ花畑はできていない。

二十七・二十八年は、日清戦争に従軍。二十九年は、前年に花の種を蒔くことができなかった。四月に鷗外の父・静男が亡くなったため、その慌ただしさから『花暦』を書くことは難しい。

三十年は書くことができる。

三十一年は日記があり、綴られた開花日と『花暦』とは一致しない。三十二年から三十五年まで九州・小倉に居住。

三十六年は、前年花の種を蒔くことができなかった。また、六月に出張し開花を見ることができない。

三十七・三十八年は、日露戦争に従

現在、この『花暦』は、東京都文京区千駄木の「文京区立鷗外記念室」に保管されている。原本は未公開だが、コピーなら誰でも見ることができる。

ところで、鷗外は、なぜ『花暦』を書いていたか。日記替わりに書いたのかというと、必ずしもそうではなさそうだ。もしそうなら、もう少し他の事柄についてのコメントがあってもいいと思うからである。鷗外の日記には、曜日や天候が書かれていることが多いのに、『花暦』にはそれがない。その意味で『花暦』は、植物にあまり関心のない人にとっては、単に「他の人が書いたメモ」にすぎないだろう。が、多少ともガーデニングに興味がある人にとっては、花の種類や名称、さらに明治期に人気のあった花というようなことまで、知りたい情報がいっぱいつまっている貴重な資料である。

もちろん、今から百年以上も前のことだから、現代の植物名とは異なるものもある。漢名や薬草名もあれば、鷗外が人から聞いたものも混じっている。しかも全体として難解な名称が多い。『花暦』が他で取り上げられない理由は、そうした読みにくさ、わかりづらさが一因かもしれない。

軍。
三十九年は、一月に帰還。母・峰子の日記の四月十二日に「桜は散り、山吹咲始め」とある。『花暦』のヤマブキの開花日とは異なる。また、五月十二日は出張で開花を見ることは無理。
四十年も、五月に出張がある。
四十一年以降は日記がある。日記に記された開花日と一致しない。

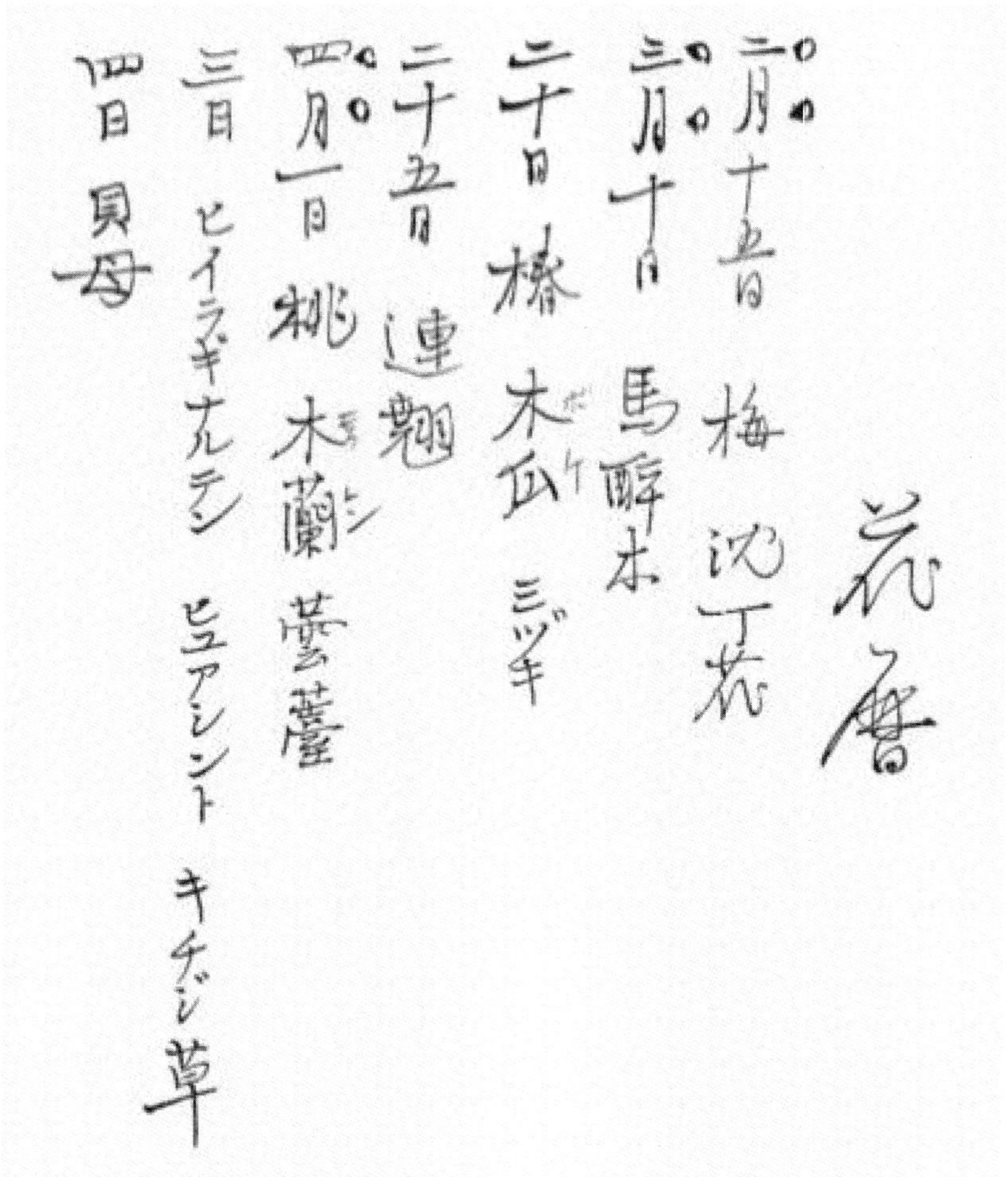

鷗外筆による『花暦』の一頁目

早春の花々

二月十五日　梅

『花暦』に登場するの最初の花はウメ。バラ科の落葉樹、紅梅であろう。

この年は寒かったようで、開花が遅い。明治三十一年の日記によると、二月四日に咲いている。ウメの花は、積算気温によって咲く。暖かい年では一月に咲いたという記録もあるが、年によって差が大きい。

鷗外の長男・森於菟が、鷗外の住居、観潮楼について書いている。

「この土地は根津権現の裏門から北に向う狭い道で団子坂上に出る直前の所で、東側は崖になって見晴しがいい。根津に近い方は土地が低く道の西側は大きい邸の裏手に面し、当時昼なお暗く藪下道といわれていたが、団子坂上に至る前はしばらく上り坂になって、その先はとくに景勝の地を占めているのである。

父の買い入れた土地には、初めから三間と台所から成っている古びた小さい板葺の平家とその北側に離れて土蔵一棟があった。父の家族は狭いながら一応この家に入り、その後に平屋の後方の長屋二軒と梅林とを買い入れ、ここに二階建の観潮楼を建てた」（『父親としての森鷗外』「観潮楼始末記」より）ということらしい。

ウメの木は、もともと梅林にあったらしく、白梅もあったかもしれない。ウメの木は、敷地の北側や東側などに何本かあったようだ。その中でも、「三畳のすぐ脇にある紅梅には一時ひどく虫がついて父を心配させ、人を呼んで葉に薬をかけてやった事もある」（娘・杏奴『晩年の父』より）というように、鷗外はウメがことの他気がかりだったようだ。

日記にも、「もろこしを綻びさせて梅の花」（明治二十八年元日、大連灣柳樹屯で）とか、「二十三日。日曜日。廣壽山に遊ぶ。…茶店に小憩し、近村の梅花を看て還る」（明治三十五年二月、荒木志げと再婚し、小倉へ夫婦で赴任して間もない日に）など、しばしば記録されている。

二月十五日　沈丁花

同じ日にジンチョウゲが咲く。

「沈丁花」はジンチョウゲ科の常緑低木。紫色の花で、香りが強く、春の到来を印象づける花である。中国から渡来した植物で、漢名は「端香」。

ちなみに、ジンチョウゲをチンチョウゲと間違えて呼ぶ人が多いが、これは誤り。

呼び名の混乱は、久米正雄が昭和八年、東京朝日新聞に『沈丁花』という小説を連載したことに始まったのかもしれない。

久米は、タイトルに「チンテフグ」と仮名を振った。今で言うなら「ちんちょうげ」。当然、多くの読者から反論が寄せられた。

久米は、小説のタイトルを「ヂ」と濁らせたくなかたらしい。

この論争はしばらく新聞を賑わせた。

なお、植物名が小説のタイトルとなることは珍しくないが、読み方が争われるのは、めったにない珍事である。

三月十日　馬酔木

鷗外は花の名前を漢字で書くことが多い。容易に読めないような植物もよく登場する。

「馬酔木」は「あしび」もしくは「あせび」と読む。

現代の植物名はツツジ科の落葉低木「アセビ」である。「あしび」は古名で、「あせぼ」などともいう。

俳諧季寄圖考より

「馬酔木」は漢字で書くものの、漢名ではない。アセビは日本原産の植物で、中国には自生しないからだ。

「馬酔木」の字源は、万葉集に遡る。馬がアセビの葉を食べると中毒することから「馬酔木」になったと言われている。また、アセビには毒性があるので、アセビの語源は、アシ（悪）ミ（実）がつまったものとか、アシシビレが詰まったものとか、アシシビレが詰からきた、などという説もある。

娘の杏奴が書いた『晩年の父』に、「玄関に面して太い大きな公孫樹《いちょう》の木があり、紅葉《もみじ》や、木蓮《もくれん》、椿《つばき》その他色んな木があった。石の傍《そば》には私たちが提灯《ちょうちん》の木と呼んでいた馬酔木《あしび》があって、白い小さい提灯のような花を咲せた」とある。

森家の子供たちはアセビのことを「提灯花《ちょうちんばな》」と呼び、親しみを感じていたようだ。

三月二十日　椿

鷗外の庭には「玉椿」「姫椿」などの椿が植えられていたようだ。ただ、これらの名は正式な植物名ではない。この日に咲いたのは、南側の庭の「春も浅いころは白い木蓮《もくれん》の花が咲き、茂《しげ》みの葉がくれに乙女椿《おとめつばき》が見えた」（森類『鷗外の子供たち』より）というオトメツバキであろう。

また、このツバキについて、娘・茉莉も『父の帽子』に「酒井家との堺には乙女椿《おとめつばき》、銀杏《いちょう》があり」と書いている。

森家ではオトメツバキのことを「姫椿」とも呼んでいたようだ。「玉椿」がどのようなツバキであったかは不明。おそらく、花びらが完全に開かず、球形をしたものだろう。

「玉椿」とは、右写真のような半開きの花をつけるツバキではなかろうか。写真は鷗外住居跡に現在植えられているもの。

オトメツバキは、ツバキ科のユキツバキの園芸品種で、江戸時代の終わり頃に出現したとされている。鷗外が書いた「椿」は、実は国字であって、漢名ではない。
万葉以前は、ツバキには「海柘榴」や「山茶」という字が当てられていた。
万葉時代になって「椿」が登場する。「椿」は、日本の春に咲く花で、最も美しく、春を象徴するということから「木」ヘンに「春」を当てたのであろう。

三月二十日　木瓜《ボケ》

「木瓜」は、バラ科落葉低木のボケ。中国原産、漢名は貼梗海棠。

「木瓜」をなぜ「ボケ」と読むようになったか。当初は「もくくわ」と読み、それが「もくか」となり、さらに「もけ」、そして最終的に「ぼけ」となったようだ。

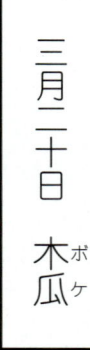

三月二十日　ミヅキ

ここに登場する「ミヅキ」は、大木になるミズキ科のミズキではない。そうであれば、開花は五月のはず。三月には咲かない。したがって、鷗外の記した「ミズキ」とは、マンサク科の落葉低木であるトサミズキか、ヒュウガミズキであろう。

トサミズキもヒュウガミズキも国産の花だが、花の美しさから言えばヒュウガミズキの方が上だ。だから、鷗外の庭に咲いていたのはヒュウガミズキではないだろうか。

三月二十五日　連翹

「連翹」は、モクセイ科の落葉小低木であるレンギョウ(レンギョウウツギ)。鷗外の庭に植えられていたレンギョウは、おそらく、江戸時代以前に中国から渡来したレンギョウであろう。

現在よく見かけるレンギョウは、多くはチョウセンレンギョウである。なお、レンギョウには国産のヤマトレンギョウもある。

チョウセンレンギョウ

ハクモクレンの開花に始まる四月

四月一日　桃

この日、鷗外の庭に咲いた「桃」は、甘く大きな実がなるモモではない。子供たちの記録によると、モモの実を食べたということはないが、種子はあったという。おそらく、中国から渡来したバラ科の落葉樹のモモか、江戸時代に改良された園芸品種であろう。

欧米から導入した木を改良した食用のモモ。

俳諧季寄圖考より

鷗外の庭に咲いたモモは、右図に描かれたモモに近いものと思われる。

四月一日　木蘭《モクレン》

「木蘭《モクレン》」は、開花時期から見てハクモクレンだろう。

杏奴によるとハクモクレンは、

「赤や白の水引草《みずひきそう》がおままごとの御飯の代わりになり、ぎぼうしの葉は細《こま》かく刻《きざ》んでお漬物《つけもの》の代わりになった。

白い木蓮《もくれん》が散って茶色に腐ったのは牛肉といわれていた。

父が一番子供たちを楽しませようとしたのは自然であったらしい」（『晩年の父』より）

と、子供たちのおままごとの道具になっていたようだ。

また、「東側の下座敷にあたる三畳の脇から二階の欄干まで枝を延ばしている紅梅の花の咲く頃、南向きの庭の木蓮や椿の咲く頃がこの楼を最も美しくしていた」（『晩年の父』より）と。

ハクモクレンは、紫色のモクレン（シモクレン）より咲く時期が早い。漢名は玉蘭で、古く中国から渡来している。

モクレン科の落葉樹・ハクモクレン

四月一日　蕓薹

「蕓薹」は、字を見ただけでは何のことかまったくわからない。四月の初めに咲く花ということで調べるうちに、アブラナの一種にウンタイアブラナという花のあることがわかった。ウンタイアブラナは、アブラナ科の一年生草本。つまり、咲いていたのは「菜の花」であった。

当時、一般に栽培されていたのは、アブラナよりウンタイアブラナが多かったので、鷗外が見たのもこの花の可能性が高い。しかし、アブラナは漢名で蕓薹を当てることから、アブラナの可能性も考えられる。

俳諧季寄圖考より

現在良く見かけるのは、右写真のようなハナナである。

四月三日　ヒイラギナルテン

「ヒイラギナルテン」は、メギ科の常緑低木・ヒイラギナンテン（柊南天）。別名トウナンテンとも言うように、江戸時代に中国から渡来したものである。

葉がヒイラギに似ている。

四月三日　ヒュアシント

「ヒュアシント」は、ユリ科の多年生草本ヒヤシンス（Hyacinthus）。別名をニシキユリ。明治時代には、ヒュアシント、ヒヤシントとも言ったようだ。

鷗外は、『サフラン』の中で「硝子戸の外には、霜雪を凌《しの》いで福壽草の黄いろい花が咲いた。ヒヤシントや母貝《ばいも》も花壇の土を裂いて葉を出しはじめた。書斎の内にはサフランの鉢が相変わらず青々としてゐる」と、書いている。これは、自庭の様子であろう。

四月三日　キチジ草

「キチジ草」とは、フッキソウ（富貴草）のことであろう。

なお、「吉祥草」と書かれる植物には、キチジソウとキチジョウソウがある。

和名の吉祥草は、フッキソウの別名でキチジソウ。ツゲ科の常緑低木である。

漢名の吉祥草はキチジョウソウで、ユリ科の多年生草本。秋に開花する。

開花時期から考えて、「キチジ草」はフッキソウであろう。

四月四日　貝母

「貝母」は、ユリ科の多年生草本・バイモ。原産は中国で、貝母は漢名。和名はアミガサユリ（編笠百合）という。

バイモは、早春に他の植物に先立って芽を出すことから、鷗外が注目した植物である。小説『サフラン』の他、鷗外の日記にもたびたび登場している。

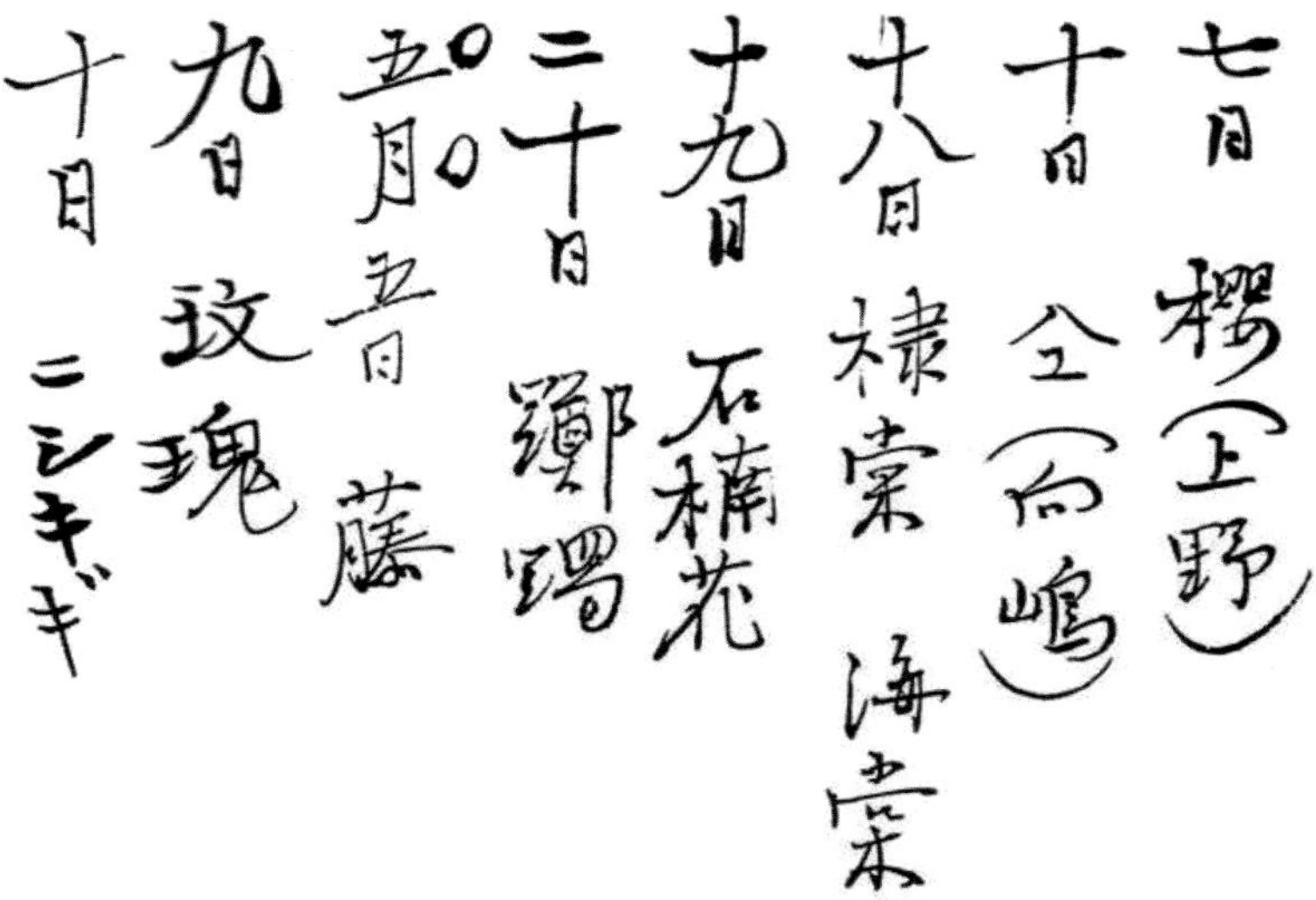
七日 櫻（上野）
十日 仝（向嶋）
十八日 棣棠 海棠
十九日 石楠花
二十日 躑躅
五月五日 藤
九日 玫瑰
十日 ニシキギ

鷗外筆による『花暦』の二頁目

四月七日、十日　櫻

鷗外は、七日と十日にサクラの開花を記している。

これは鷗外の庭でなく上野の山と向島でのこと。観潮楼の二階から上野の山が見えたというから、サクラが咲いていた様子を楽しんだかもしれない。

十日の向島とは、おそらく鷗外が以前に住んでいた向島・小梅村のことであろう。

このサクラは、ソメイヨシノであろう。

四月十八日　棣棠

「棣棠」は、バラ科落葉低木のヤマブキ（山吹）。棣棠は漢名。

俳諧季寄圖考より

鷗外の庭のヤマブキは、おそらく花は一重。鷗外の日記には、しばしば開花が記されている。

四月十八日　海棠

「海棠」は、ハナカイドウ（カイドウ）であろう。

俳諧季寄圖考より

海棠は漢名で、正確には垂絲海棠。ハナカイドウは、バラ科の落葉樹。植えてあった場所は、土蔵の南面、東側の庭である。

四月十九日　石楠花

「石楠花」は、シャクナゲ。杜鵑花とも書く。

鷗外は、この花が気に入っていたと見えて、自庭だけでなく日比谷公園などで咲いていたことも日記に書いている。当時は、まだ西洋シャクナゲは日本に渡来していないため、庭に咲いていたのは、ツツジ科常緑低木・アズマシャクナゲかと思われる。

四月二十日　躑躅

常緑低木キリシマツツジ

「躑躅」は、ツツジ科ツツジ類の総称。

鷗外の庭には何種類かのツツジがあったと思われるが、この日、咲いたツツジは、キリシマツツジではなかろうか。

オオムラサキも植えられていたが、それには少し開花時期が早いような気がする。

常緑低木オオムラサキ

アヤメやヤグルマソウの初夏

五月五日　藤

「藤」は、マメ科ツル性落葉灌木のフジ。

野山草より

フジは蔓の巻き方によって、右巻きならノダフジ（フジ）、左巻ならヤマフジ（ノフジ）となる。

五月九日　玫瑰

マイカイは中国原産の落葉灌木で、花は八重咲き。ハマナスは国産の落葉灌木で、花は一重。

マイカイとハマナスはよく似てはいるが、異なる植物である。どちらが鷗外の庭に咲いていたかは決めかねる。

野山草より

鷗外は、釜山に赴任した明治二十七年十月二十一日、漁隱洞の東なる小部落で「處々玫瑰叢成せり人家観る」と、ハマナスを見ている。

江戸時代の『野山草』（法橋保國畫圖）を見ると、ハマナスに玫瑰花が付けられている。したがって、庭に植えられているのはハマナスと思われるが、園芸種として香りの高いマイカイの可能性も否定できない。

『牧野新日本植物図鑑』（第四十二版）によれば、マイカイの花を乾燥させたものを玫瑰花と呼び、紅茶の香りづけに使用する。また、ハマナスに漢名の玫瑰を当てるのは誤り、とある。なお、和名は浜梨、ハマナシ。東北地方の人が「シ」を「ス」と発音するため「ハマナス」と呼ばれたらしい。図鑑には ハマナシ（ハマナス）とあるが、現代ではハマナスが一般的になった。

「玫瑰」は、バラ科のマイカイまたはハマナスを指す。

マイカイ

ハマナス

五月十日　ニシキギ

「ニシキギ」は、ニシキギ科落葉樹ニシキギ（錦木）だろう。
漢名は衛矛。

ニシキギは、紅葉を楽しむ植物。花自体は小さく、さほど美しいとはいえない。

そのため、スイカズラ科のニシキウツギのことかと思ったが、ニシキウツギにしては開花が少し早い。

また、北側の庭、便所の横にニシキギが植えてあったのは事実なので、咲いていたのはニシキギに間違いないだろう。

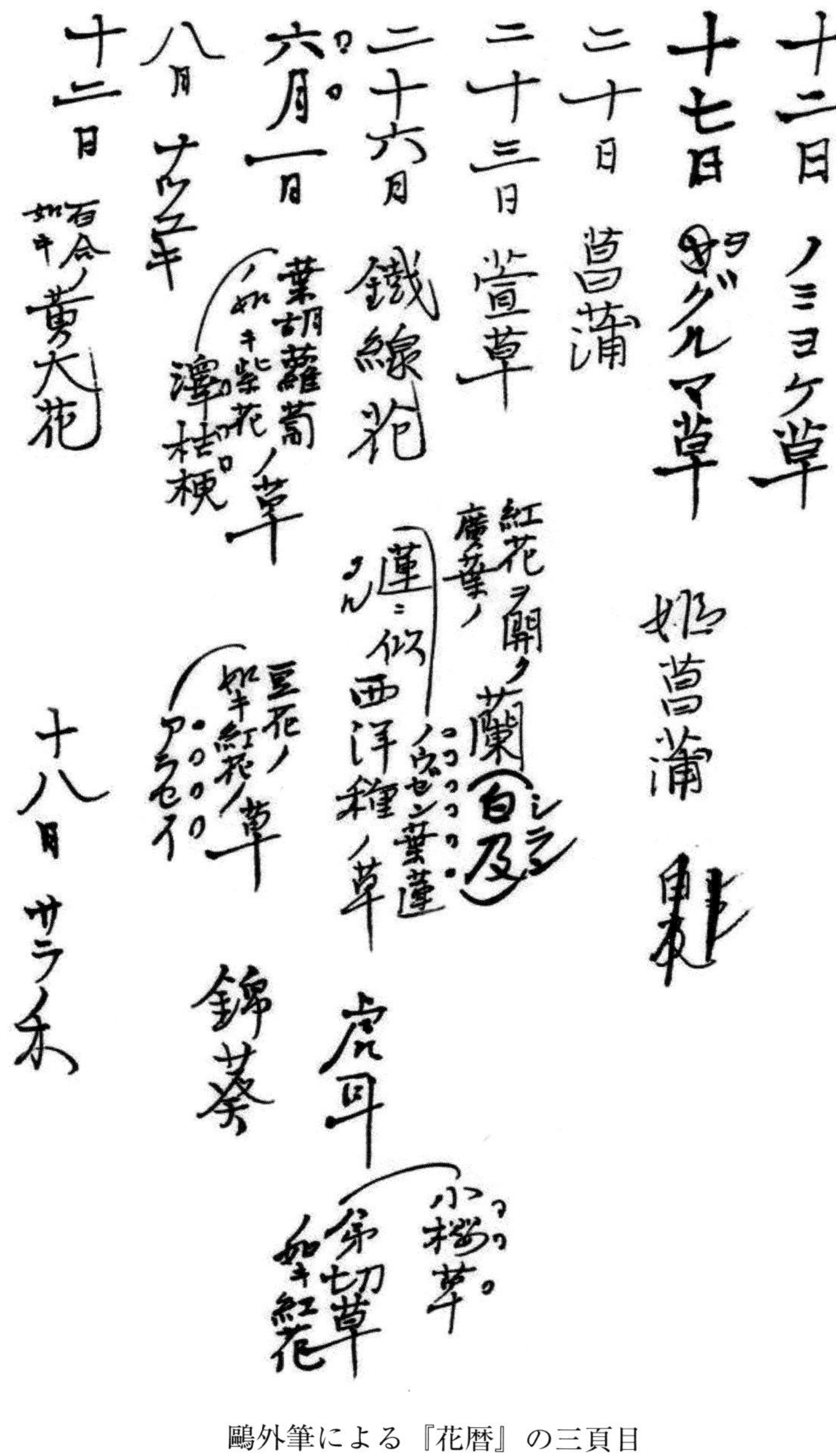

鷗外筆による『花暦』の三頁目

三頁は、花の名前を記しただけでなく、花についての説明も添えられている。植物名に自信がなかったのか、後で見直したような書き方である。

五月十二日　ノミヨケ草

鷗外は「ノミヨケ草」と記している。が、『牧野新日本植物圖鑑』には「ノミヨケソウ」という名の植物はない。もしかすると、当時は「ノミヨケソウ」といえば誰でも知っている植物だったかもしれないが、この植物の正式な名はわからない。

「ノミ」の付く植物には、ナデシコ科のノミノツヅリ、ノミノフスマがある。ノミノツヅリは、蚤の衣にたとえたもの。ノミノフスマは、蚤の寝具にたとえたもの。どちらにも蚤を避けるというようなイメージはない。

五月十七日　ヤグルマ草

この「ヤグルマ草」は、キク科多年生草本のヤグルマソウ(*Centaurea Cyanus* L.)、ヤグルマギクともいう。

鷗外は、明治四十三年に発表した『杯』の中で「サントオレア」という名でヤグルマソウを登場させている。

それは、物語の中心となる登場人物の描写の中で、

「黄金色《こがねいろ》の髪を黒いリボンで結んである。琥珀《こはく》のやうな顔から、サントオレアの花のやうな青い目が覗いてゐる。永遠の驚き以て自然を覗いてゐる。唇丈《だけ》がほのかに赤い。黒の縁を取った鼠色の洋服を着てゐる」

と、ヤグルマソウの花の色を効果的に用いている。

この作品には、サントオレア以外の植物は一つも出てこない。

ヤグルマソウという名の植物は、ユキノシタ科とキク科にある。

ユキノシタ科のヤグルマソウの開花は六～七月と遅いため、この花はキク科のヤグルマソウである。

『原色園芸植物大圖鑑』（初版）によれば、ヤグルマソウは明治中期に渡来したとある。その話が本当なら、鷗外はかなり早く手に入れたことになる。

五月十七日　姫菖蒲

「姫菖蒲」をどのように読むか。ヒメショウブまたはヒメアヤメと読みそうだが、漢名であれば、「菖蒲」はセキショウを示す。鷗外の庭に植えられていた姫菖蒲がどのような花であったかは判断しにくい。

アヤメの園芸品種に矮性のアヤメがあり、ヒメアヤメと呼ぶものがある。

矮性のアヤメにサンズンアヤメがある。これを姫菖蒲と呼んだ可能性がある。

倭性の菖蒲（セキショウ）であれば、ニワゼキショウ（庭石菖）とも考えられる。

五月二十日　菖蒲

「菖蒲」は、アヤメ科多年生草本のアヤメであろう。

鷗外の庭には大きな池や流れはなかったので、水辺に適した植物は植えなかっただろう。したがって、ショウブ、ハナショウブ、カキツバタなどは生育していなかったものと考えられる。

五月二十日　萱草

「萱草」は、カンゾウ。ユリ科多年生草本のノカンゾウかヤブカンゾウを指す。これらの開花は盛夏で、前記のカンゾウ類ではない。おそらく、東京で早く咲くニッコウキスゲ（ゼンテイカ）か、またはヒメカンゾウ（ノカンゾウの園芸品種）であろう。

ニッコウキスゲ

ヒメカンゾウ

五月二十日　廣葉ノ紅花ヲ開ク蘭（白及《シラン》）

この花は、ラン科のシラン（紫蘭）である。シランの偽球茎は生薬で「白及」という。また、漢名でもシランを「白及」と書く。

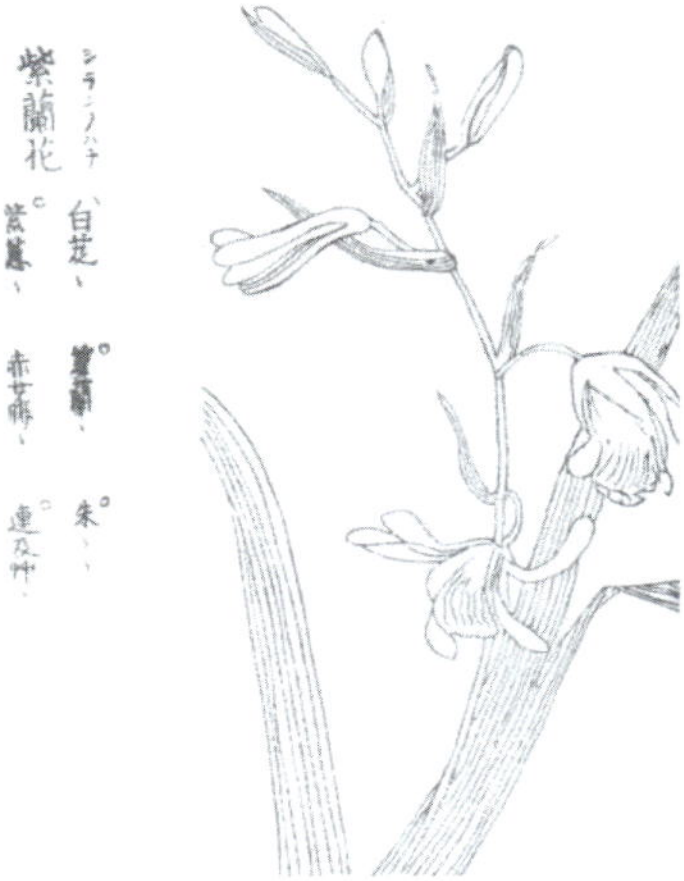

俳諧季寄圖考より

五月二十六日　鐵線花

「鐵線花」は、中国から渡来したキンポウゲ科のテッセン。

漢名は鉄線蓮。落葉木質のツル植物。花の色は白色、大きさは六～八センチ程度。

似た花としてカザグルマ（風車）がある。これは国産、花の色は紫が主だが、薄紫色や紅紫色の品種もある。花はテッセンより大きく一〇センチ程度ある。

野山草より

五月二十六日　ノウゼン葉蓮　蓮ニ似西洋種ノ草

この花は、ノウゼンハーレン科一年生草本のノウゼンハーレン。別名、ナスタチュウム、キンレンカなどという。

ハスに似ているのは、花ではなく葉の形である。花はノウゼンカツズラに似ている。

鷗外の庭に咲いた花は、おそらく赤と思われる。

五月二十六日　虎耳　小櫻草弟切草如キ紅花

この花は、何の花なのかよくわからない。漢名の虎耳草は、ユキノシタ科多年生草本のユキノシタを指す。しかし、鷗外は「小櫻草」と呼んでいる。

ユキノシタ

オトギリソウ

小櫻草の次に書かれた弟切草、「弟」の字は判読しにくい。仮に「弟」であろうと推測すると、読み方は「オトギリソウ」となる。しかし、オトギリソウであるならば、花の色は黄色で、小櫻草の紅花とは合致しない。寺田寅彦の随筆『路傍の草』の文中に「小桜草」の名前が登場するが、それを読むと、何となくユキノシタのような気がする。

沙羅の花の咲く六月

六月一日　葉胡蘿蔔ノ如キ紫花ノ草 ― 澤桔梗

「葉胡蘿蔔の如き紫花の草」と書き、改めて「澤桔梗」を加えたようだ。

鷗外はサワギキョウであると思ったかもしれないが、キキョウ科多年生草本のサワギキョウであれば、開花は早くても七月、東京では八月の末頃となる。

キキョウ科サワギキョウ

この時期にサワギキョウに似た花にキキョウ科のハタザオキキョウがある。

漢名の「胡蘿蔔」は外国渡来のダイコンのことである。ここでは葉ダイコンのような紫色の花と記され、サワギキョウに似ているので、サワギキョウと考えたようだ。

サワギキョウと呼ばれる植物はリンドウ科にもある。二年生草本・ハルリンドウの別名で、花は三月の末か四月初旬に咲く。したがって、開花期も花形も異なると思われる。

六月一日　豆花ノ如キ紅ノ草アラセイ

「アラセイ」は、寛文年間に（十七世紀中頃）渡来したアラセイトウ（アブラナ科・一年生草本、別名はストック）にしては、開花が遅い。

この時期咲く花にオオアラセイトウ（アブラナ科一年生草本）がある。断定できないが、オオアラセイトウの可能性がある。

右の写真はオオアラセイトウ、別名ムラサキハナナ（紫花菜）、ショカツサイ（諸葛菜）、ハナダイコン（花大根）などと呼ばれている。

右の写真はアラセイトウ

六月一日　錦葵

「錦葵」は、アオイ科越年生草本のゼニアオイ。錦葵は漢名、和名は銭葵。

野山草より

六月八日　ナツユキ

「ナツユキ」は、キョウガノコの白花であろう。江戸時代には白花をナツユキソウとも呼んでいた。

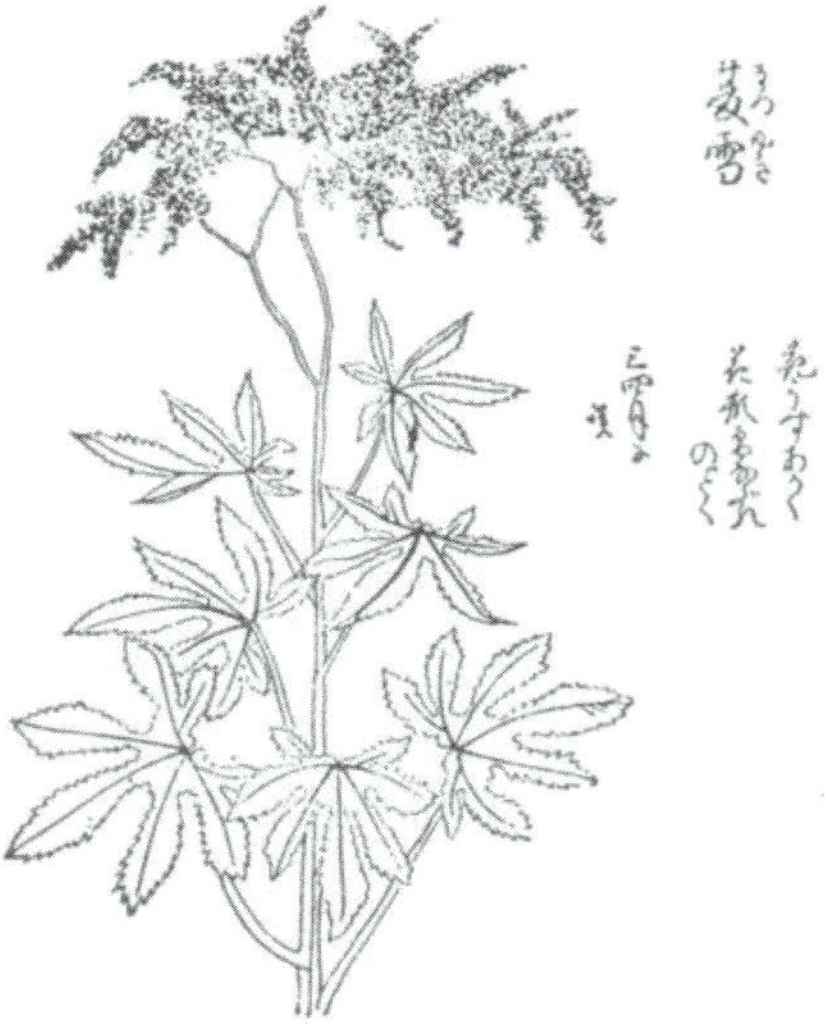

草花絵前集より

現代では、白花のキョウガノコを見るのは難しい。なお、キョウガノコは、バラ科越年生草本・コシジシモツケの園芸品種である。

六月十二日　百合ノ如キ黄大花

ユリのような黄色い大きな花が咲いた。後で名前を調べるつもりで記したのだろう。

六月十八日　サラノ木

「サラノ木」はツバキ科落葉樹のナツツバキ。鷗外の好きな木である。

ナツツバキを「シャラノキ」と言うのは、インドのシャラノキ（沙羅樹）と間違えたことによるらしい。

鷗外の詩『沙羅《さら》の木《き》』
「褐色《かちいろ》の根府川石《ねぶかわいし》に
白き花はたと落ちたり、
ありとしも青葉がくれに
見えざりしさらの木の花」
の沙羅の木は、この木である。

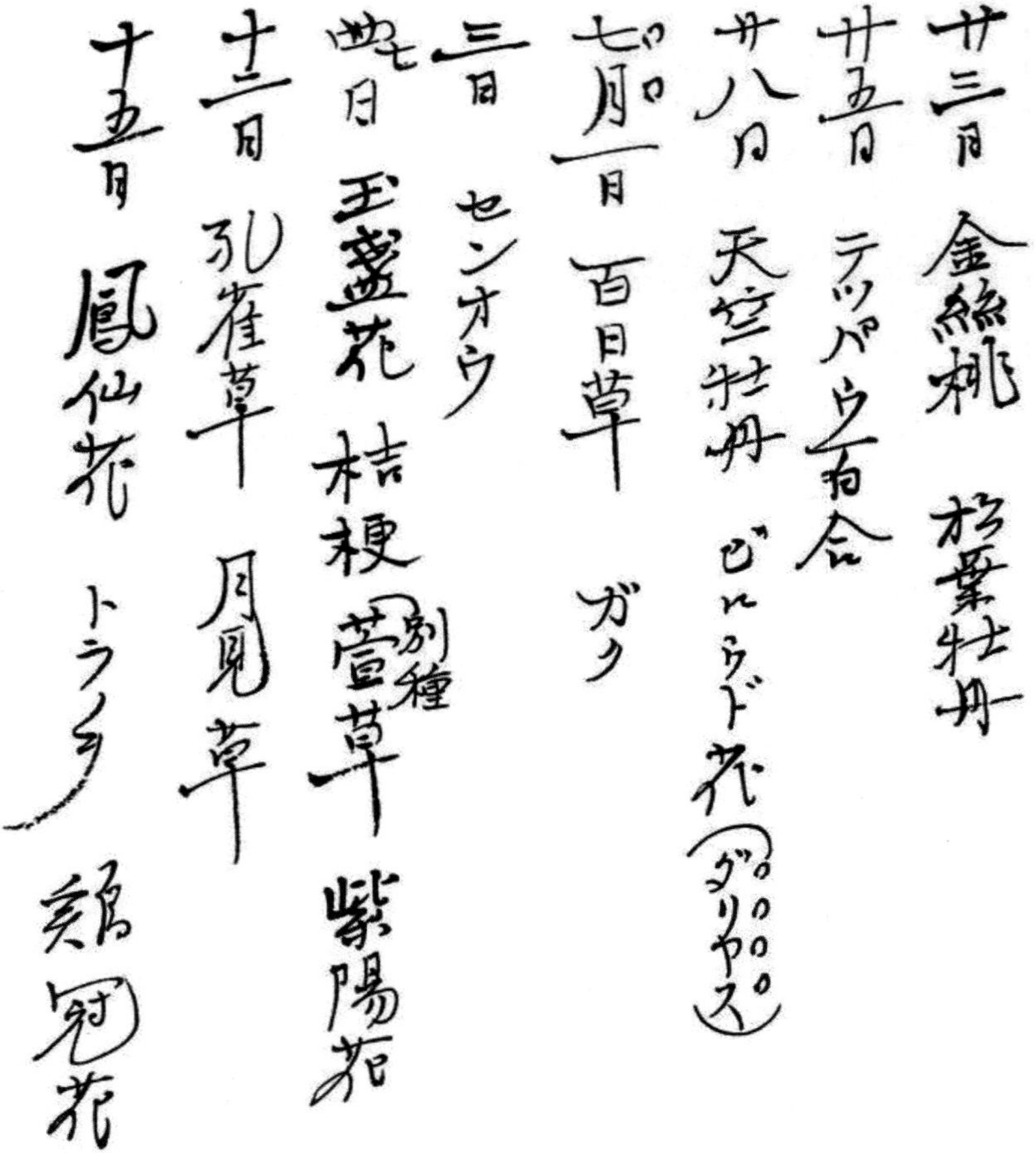

廿三日　金絲桃　杉葉牡丹
廿五日　テッパウ百合
廿八日　天竺牡丹　ビルウド花（ダリヤス）
七月一日　百日草　ガク
三日　センオウ
七日　玉盞花　桔梗　萱草（別種）　紫陽花
十二日　孔雀草　月見草
十五日　鳳仙花　トランク　鶏冠花

鷗外筆による『花暦』の四頁目

六月二十三日　金絲桃

「金絲桃」は、オトギリソウ科常緑低木のビヨウヤナギ。漢名は金線海棠。

葉は生薬となる。乾燥させるかあるいは生の葉を煎じつめ、お茶の替わりに飲めば、胆石や結石症に効果があるという。

六月二十三日　松葉牡丹

「松葉牡丹」は、スベリヒユ科一年生草本のマツバボタン。

日中は花が開いているが、夜になると閉じる。

花の色は書かれていないが、赤色系かと思われる。

六月二十五日　テッパウ百合

「テッパウ百合」は、ユリ科のテッポウユリ（鉄砲百合）であるが、園芸品種らしい。

写真はシンテッポウユリ。

テッポウユリの開花は五月中旬で、鷗外が見た時期では遅すぎる。現代では、園芸品種の新テッポウユリがちょうどこの時期に花を咲かせる。

鷗外の庭に植えられていたユリは、今の新テッポウユリとは異なるが、園芸品種の一つであった可能性が高い。

六月二十八日　天竺牡丹ビロウド花（ダリアス）

「天竺牡丹」は、キク科多年生草本のダリア。他にも「ビロウド花ダリアス」とあることから、違う種類のダリアが咲いたのだろう。

一つの花が大きいものと、小さな花が咲いていたというイメージ。

花が咲き乱れる七月

七月一日　百日草

「百日草」は、キク科一年生草本のヒャクニチソウ（ジニア）。

七月一日　ガク

「ガク」は、ユキノシタ科落葉低木のガクアジサイであろう。

鷗外の庭に植えられていたのは、上写真のような野生のガクアジサイに近いものであろう。現在、一般家庭に植えられているガクアジサイは、下の写真のような大きな装飾花《かざりばな》をつける園芸品種が多い。

七月三日　センオウ

「センオウ」は、ナデシコ科多年生草本のセンノウ（剪秋羅）である。センオウゲともいい、大昔に中国から渡来した植物である。

鷗外が明治四十五年に書いた『田樂豆腐』に、「中《なか》には弱《よわ》そうに見《み》えないのは弱《よわ》くて、年々《としどし》どの草《くさ》かに壓倒《あつたう》せされて、絶《た》えそうで絶《た》えずに、いつも方蔭《かたかげ》に小《ちひ》さくなつて咲《さ》いてゐるのがある。木村《きむら》の好《す》きな雁皮《がんぴ》の樺色《かばいろ》の花《はな》なんぞがそれで、近所《きんじよ》の雑草《ざつそう》を抜こうとして手《て》が觸《ふ》れると、折角莟《せつかくつぼみ》を持《も》つてゐる莖《くき》が節《ふし》の所《ところ》から脆《もろ》く折れてしまふ」という一文がある。

この小説の主人公・木村のモデルが森鷗外であることは間違いない。前述のセンノウがここではガンピに変わっているのは、鷗外の意志なのか、もしかすると鷗外の庭にはセンノウとガンピの両方が植えてあったのだろう。

鷗外がセンノウの花を気に入っていたことは確かで、戯曲『人の一生』にも登場させている。

「○これは赤い剪秋羅華《せんのう》ですね。…

○その花に障るのはお止しなさいよ。その花の上には、あの奥さんのキスが残ってゐるのですからね。…

○今に御亭主が帰ってきてこの花を見るでしょう。

ナデシコ科多年生草本マツモトセンノウ

○そして奥さんのキスを花の上から受けるでしょう。…」と、意味深な場面に登場させている。

センノウ類は現代ではあまり注目されないが、江戸時代には非常にもてはやされた花である。とくに人気のあるマツモトセンノウの名は、歌舞伎役者・松本幸四郎の紋に似ていることから名付けられたという。よく見ると、色・形共になかなか味わい深い花である。

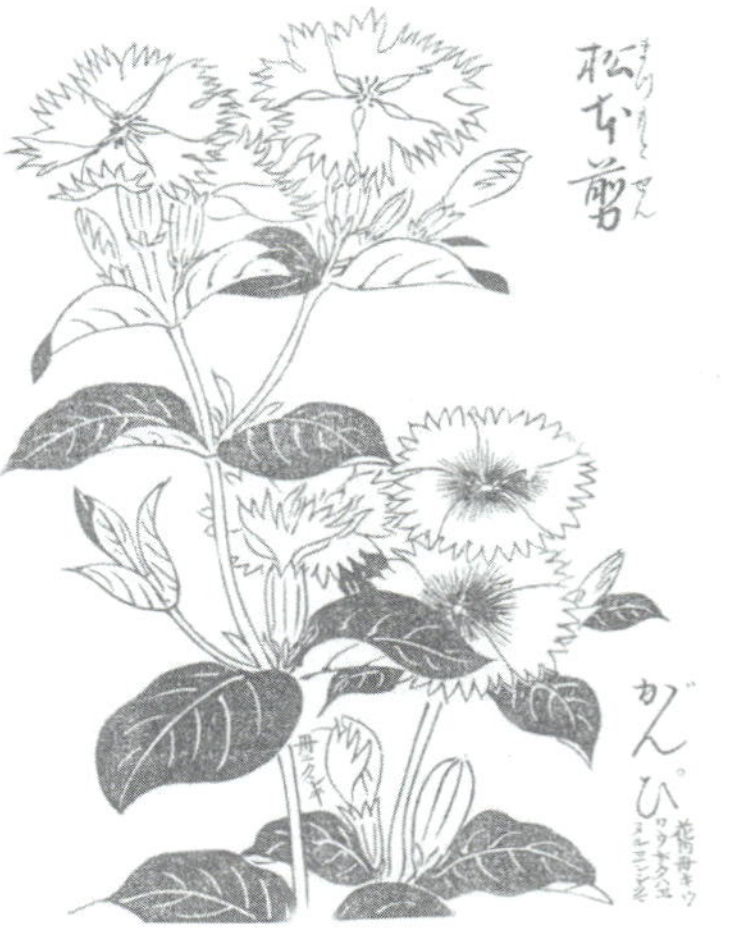

野山草より

七月七日　玉盞花

「玉盞花」は、玉簪花の書き損じであろう。漢名の玉簪花は、ユリ科多年生草本のギボウシの仲間・タマノカンザシである。しかし、鷗外はオオバギボウシのことを玉盞花と書いたのではなかろうか。

オオバギボシ

野山草より

タマノカンザシは中国原産のユリ科の多年生草本・ギボウシの仲間。江戸時代には、「玉簪」に「ギボウシ」と仮名を振っている。ひょっとすると、「玉盞花」は「金盞花（キンセンカ）」の書き損じとも考えたが、キンセンカの開花は春なので遅すぎる。

また、明治三十一年の日記には、同じ頃に玉簪花の開花が記されている。

七月七日　桔梗

「桔梗」は、キキョウ科多年生草本のキキョウ。

七月七日　別種－萱草

「別種　萱草」は、五月の萱草とは別種ということで、ユリ科多年生草本のノカンゾウかヤブカンゾウであろう。

ヤブカンゾウ

ノカンゾウ

萱草は別名「わすれぐさ」とも言い、その花を見ると憂いを忘れる、という言い伝えがある。

鷗外は、『山椒太夫』の中で「姉《あね》はいたつきを垣衣《しのぶぐさ》、弟《おとうと》は我名《わがな》を萱草《わすれぐさ》じゃ」と厨子王に萱草の名を与えた。

これは鷗外の創作ではない。原作とされる説経集『さんせう太夫』に登場する人物名をを採用したものである。

漢名で「萱草」はヤブカンゾウ。

七月七日　紫陽花

「紫陽花」は、ユキノシタ科落葉低木のアジサイ。紫陽花は漢名。

野山草より

アジサイは、江戸時代にガクアジサイをもとにつくられた園芸品種である。一七五五年（宝暦五年）に出された『野山草』に描かれたアジサイを見ると、まだ装飾花《かざりばな》（萼）が全開していない。

鷗外の庭のアジサイも、今のように改良された大きな花ではなく、飾り花がまばらであったかもしれない。

七月十二日　孔雀草

「孔雀草」は、キク科のハルシャギク（ジャノメソウ）であろう。

孔雀草は、キク科の一年、または二年草本のハルシャギクと一年生草本のコウオウソウの別名である。今では、ハルシャギクはジャノメソウ、コウオウソウはマリーゴールドと呼ばれ園芸品種が多い。鷗外の庭に植えられていたのは、娘たちの話からして「蛇の目草」、つまりハルシャギクであろう。

七月十二日　月見草

「月見草」は、アカバナ科のオオマツヨイグサであろう。

オオマツヨイグサ

ツキミソウ（ツキミグサ）

「月見草」も、アカバナ科の二年生草本ツキミソウ（ツキミグサ）と越年生草本・オオマツヨイグサとがある。決めるのは難しいが、庭にオオマツヨイグサがはびこったと思われる節もあり、開花時期からいってもオオマツヨイグサであろう。

七月十五日　鳳仙花

「鳳仙花」は、ツリフネソウ科一年生草本のホウセンカ。名前は漢名の鳳仙花から来たものである。

七月十五日　トラノヲ

「トラノヲ」は、サクラソウ科多年生草本のオカトラノオと思われる。

オカトラノオ

クガイソウ

トラノオは、『牧野新日本植物圖鑑』にはゴマノハグサ科多年生草本のクガイソウとあるが、サクラソウ科のオカトラノオと思われる。花はクガイソウの方が美しいが、東京では六月中に咲き始める。この時期であれば、オカトラノオが咲いた可能性が高い。

七月十五日　鶏冠花

「鶏冠花」は、アカザ科一年生草本のケイトウ（鶏頭）。漢名で鶏冠。

明治三十年十一月七日、正岡子規は鷗外に手紙を書いている。

手紙は、鷗外からの問いに応えるもので、本題に入る前に、

「此春御恵贈の草花の種早速蒔置候處、庭狭く草多き爲にや初より出來わるく、十分に發育したりしは百日草のみ、射干は三寸餘にて生長をとゞめ、葉雞頭は只一本だけ一寸ほど伸び候のみ誠に興なき事に有之候。…」（『子規全集十九巻書簡二』）

と、鷗外から送られた花の種の成長具合について書いている。手紙の百日草とはヒャクニチソウ・ジニア。また射干はヒオオギ（檜扇）。葉鶏頭・ハゲイトウとあるがケイトウではなかろうか。花が咲いたのは百日草だけらしい。

ヒオオギは、花の性質からして、発芽した年には一〇センチ程度しか生育せず、花は咲かない。ただ、ハゲイトウは三センチしか伸びなかったというのは、出来が悪すぎる。そのためもあって、子規はケイトウであることがわからなかったのではなかろうか。

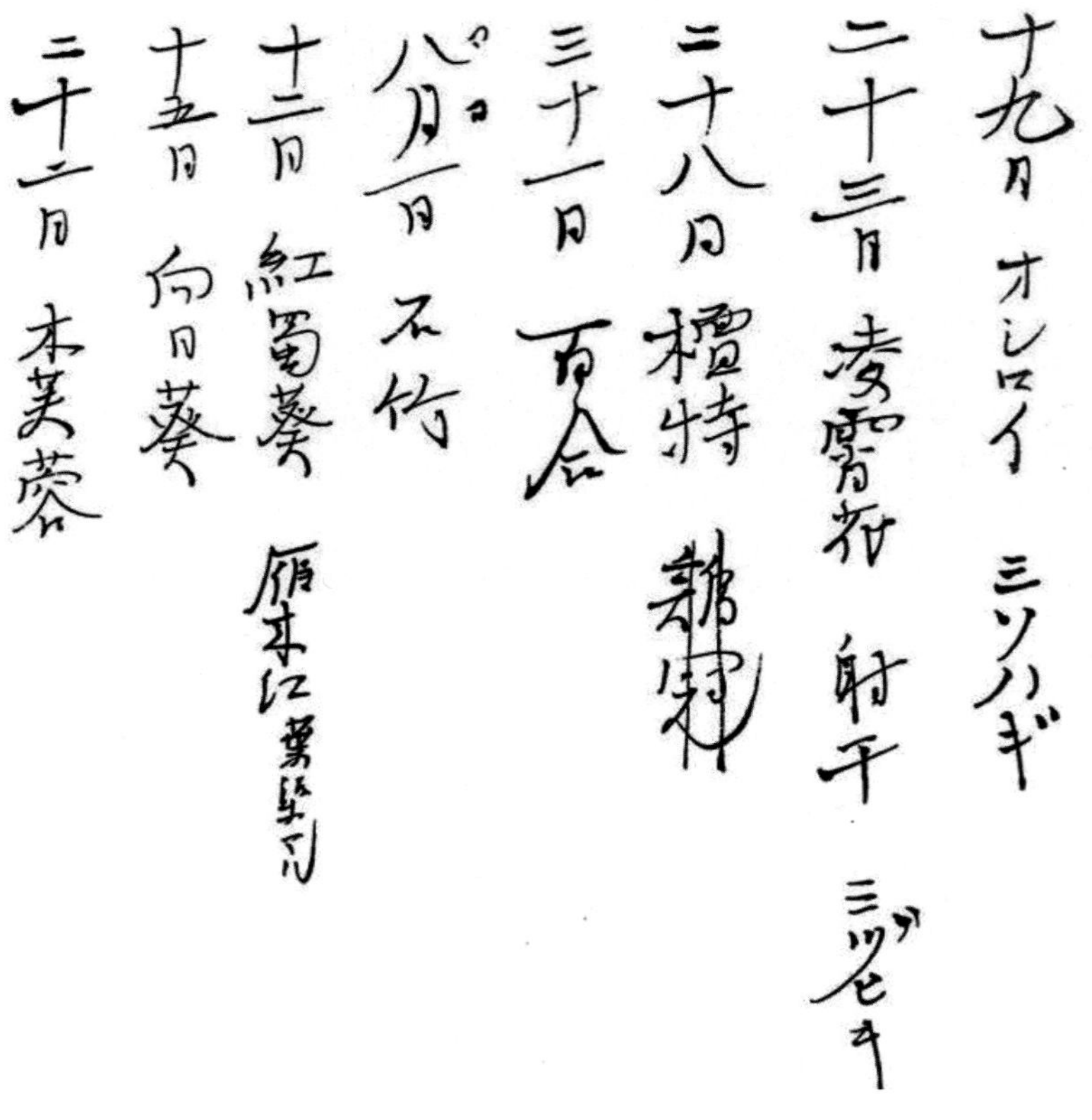

鷗外筆による『花暦』の五頁目

七月十九日　オシロイ

「オシロイ」は、オシロイバナ科一年生草本のオシロイバナ（御白粉花）。

別名ユウゲショウ。花は夕方から開き、朝にはしぼむ。忙しい人が開いた花を見るのはなかなか難しいだろう。娘の杏奴は、オシロイバナにまつわる思い出を、『晩年の父』の中で次のように語っている。

「此処にある狭い中庭は、植えてある草花の一つにでも、私たちの思出の籠《こも》っていないものはない。

可愛《かわいら》しいおしろいの花、それは父が祖母の病室のためにと後に建増した部屋の縁に沿って咲いていた。

この部屋は三畳に続いて庭に突き出た、東と南に廻《まわ》り縁《えん》のついた明るい座敷であった。

おしろいの花に黒い小さい実がなると、よく私は爪の先でそれを潰《つぶ》した。

中からほんとうに白い粉が出て来る」

七月十七日　ミソハギ

「ミソハギ」は、ミソハギ科多年生草本のミソハギ。

禊萩（ミソギハギ）の略で、溝萩（ミゾハギ）ではない。

七月二十三日　凌霄花

「凌霄花」は、ノウゼンカツラ科蔓性落葉樹のノウゼンカツラ。凌霄花は漢名。中国から渡来。

花に毒があるといわれているが、これは誤り。

七月二十三日　射干

「射干」は、アヤメ科多年生草本のヒオオギ（檜扇）。

「射干」はシャガとも読めるが、鷗外が書き記したのは漢名。『広益地錦抄』（享保四年（一七四九年）伊藤伊兵衛著）には「やかん」と仮名が振られ、「草花のひあうぎなり」と記されている。葉の形が扇を広げたような形をしているのでこの名が付けられた。

七月二十三日　ミヅヒキ

「ミヅヒキ」は、タデ科多年生草本のミズヒキ（水引）。

名前は、紅白の水引にたとえて付けられた。

七月二十八日　檀特

「檀特」は、カンナ科多年生草本のダンドクであろう。

ダンドクは江戸時代に渡来した植物で、漢名は曇華。
檀特は、梵語である。
なお、カンナ（ハナカンナ）もこの字を当てるが、渡来時期（ハナカンナは明治の末）を考慮すると、これはやはりダンドクだろう。

七月三十一日　百合

「百合」は、ユリ科多年生草本のヤマユリであろう。

この花は、鷗外の好きな花の一つ。『青年』、『サロメ』、『王の子供達』など、若い頃の作品にしばしば登場する。

フヨウ、ヒマワリ、夏の花真っ盛り

八月一日　石竹

「石竹」は、ナデシコ科多年生草本のセキチク。

石竹は漢名。カラナデシコともいう。ちなみに、オランダセキチクとはカーネーションのこと。

現代では、セキチク類（ナデシコ類）は園芸品種が数多く作られており、鷗外の庭に咲いた当時と同じ花を見ることは難しい。

写真はセキチクの園芸品種。

八月十二日　紅蜀葵　雁木に葉染マル

「紅蜀葵」は、アオイ科多年生草本のモミジアオイ。紅蜀葵は漢名。明治初期に渡来したものである。名の由来は、葉の形がモミジに似ているため。

八月十五日　向日葵

「向日葵」は、キク科一年生草本のヒマワリ。向日葵は漢名。

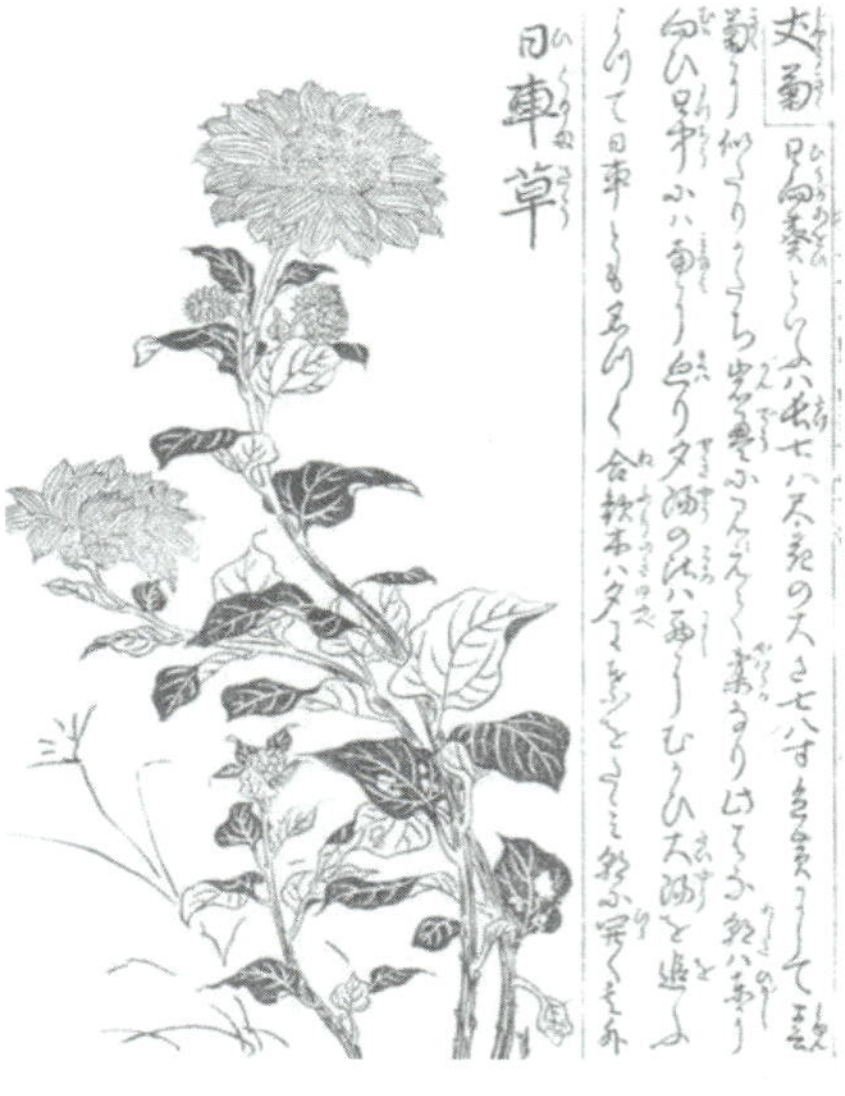

野山草より

ヒマワリは「ひぐるま」とも呼ばれ、北米原産であるが江戸時代には渡来していた。

八月二十二日　木芙蓉

「木芙蓉」は、アオイ科落葉低木のフヨウ（芙蓉）。中国原産で、木芙蓉は漢名。

鷗外の庭には、フヨウ、モミジアオイ、ゼニアオイなど、アオイ科の花が多い。

アオイの仲間は、鷗外の好みだったようで、トロロアオイやムクゲが小説や日記に登場する。

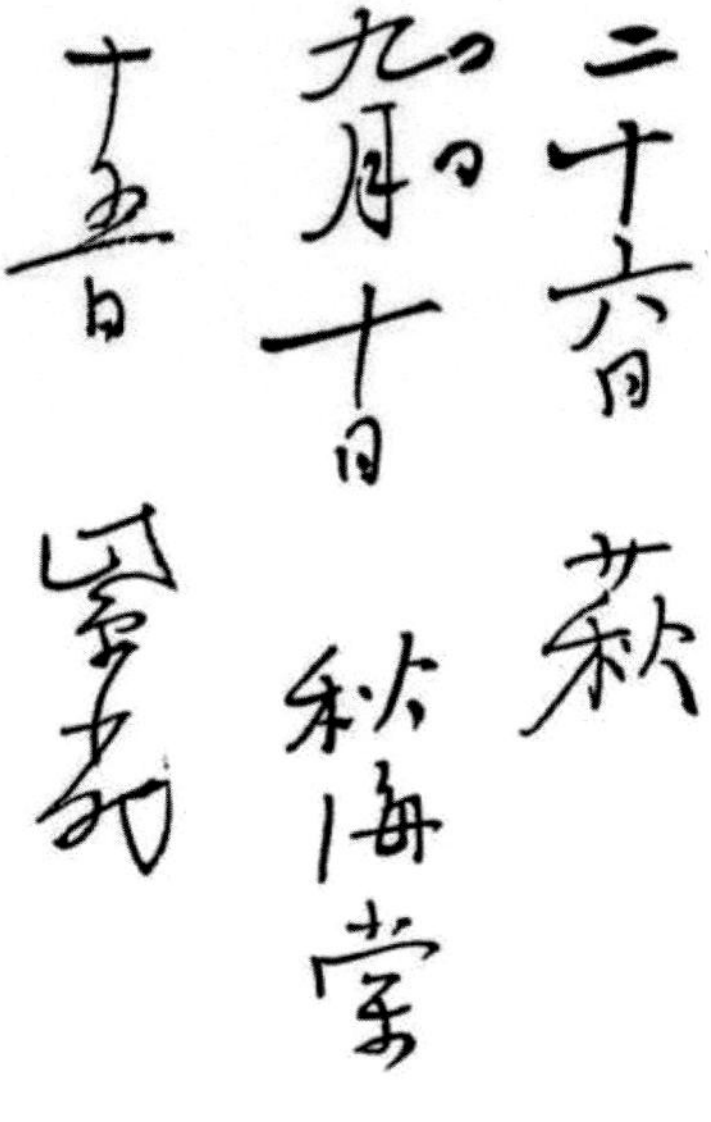

二十六日　萩
九月十日　秋海棠
十五日　紫苑

鷗外筆による『花暦』の六頁目

八月二十六日　萩

「萩」は、マメ科落葉低木のヤマハギのことだろう。萩という字は国字。漢名は胡枝花。

ヤマハギは日本のほぼ全域に分布している。秋を告げる花にふさわしく、草冠に秋と書く。

古くから日本人に親しまれ、「万葉集」に詠まれた花の中で最も多いのがハギである。

ハギの名前は「生え芽（はえぎ）」を意味し、枯れたような古株からでも芽を出すため、「はえぎ」が「ハギ」になったという。

シオンが秋を告げる九月

九月十日　秋海棠

「秋海棠」は、シュウカイドウ科多年生草本のシュウカイドウ。

中国から渡来したもので、秋海棠は漢名。

この花は、『カズイトチカ』、『鳥羽千尋』、『伊澤蘭軒』に出てくる。

九月十五日　紫苑

「紫苑」は、キク科多年生草本のシオン。紫苑は漢名だが、日本にも自生している。

以上、二月十五日から始まる鷗外の『花暦』は、九月十五日をもって終了する。その間に登場する植物は六十八種ある。三百坪を超える鷗外の庭に、サクラを除く六十七種の花が記されているが、その他にも数多くの花が咲いたと思われる。

『花暦』の花を草と木に分けると、草本が三十九種（名前の確定できない植物を含めると四十三種）、木本が二十四種と、圧倒的に草花の方が多い。このことから日当たりがよく、明るい庭であることがわかる。ただ、残念ながら、名前を確定できなかった花が四つある。植物名を確定するに当たって難しいのは、漢字で書いてあっても、必ずしもそれが漢名とは言えないこと。漢名なのか和名であるのか迷うことが意外に多かった。また、花の名前についても、正式な植物名にこだわっていないようだ。もっとも、鷗外は他人に見せることなど考えず、自分でわかればそれでよいと思って書いていたのだろう。

鷗外の愛した花を探る

鷗外の好みを外来種と在来種の別で見ると、外来種三十五種に対し在来種二十八種で、外来種の方が多い。ただ、外来種の中には、ウメやテッセンなど江戸時代以前に渡来した植物も含んでいる。江戸時代以降に渡来した植物は十六種と多くはない。さらに、明治時代以降の花となると紅蜀葵、月見草（ただしオオマツヨイグサ）、孔雀草、ヒュアシント、ヤグルマ草の五種程度。それでも、明治三十年代の当時としては、かなりハイカラな花を咲かせていた。

	在来種	江戸時代以前の外来種	江戸時代以後の外来種
草本	姫菖蒲、菖蒲、別種―萱草、萱草、キチジ草、ミソハギ、桔梗、紫苑、白及、トラノヲ、ナツユキ、射干、ミズヒキ、百合、テッパウ百合	オシロイ、鶏冠花、センオウ、秋海棠、石竹、錦葵、鉄線花、貝母、鳳仙花	アラセイ、雲薹、孔雀草、紅蜀葵、向日葵、百日草、玉簪花、月見草、松葉牡丹、檀特、ノウゼン葉連、ヤグルマ草、ヒユアシント、天竺牡丹、ビロウド花
木本	紫陽花、馬酔木、ガク、サラノ木、石楠花、躑躅、椿、ニシキギ、萩、藤、玫瑰、ミヅキ、棣棠	木蘭、金絲桃、海棠、沈丁花、凌霄花、桃、梅、木瓜、連翹、木芙蓉	ヒイラギナルテン
注1	小桜草、澤桔梗、百合ノ如キ黄大花、ノミヨケ草は不明のため除く。		
注2	キチジ草は木であるが、名前から草と認識されているため草本として取り扱う。		

次に、花の色を見よう。最も多いのは赤系、次いで黄系の花もかなりある。

また、花びらが大きく、派手な花が多いような気がする。

現代では、百合にしても紫陽花にしても、さまざまな園芸品種がある。だが、明治三十年ではかなり限られていたものと思われる。下表には、鷗外の庭にあったと推測される花を色別に示す。なお、天竺牡丹は、当時でも二色以上あったことから、その色区分に入れる。

	草　本	木　本
赤（桃・紅）	オシロイ 鶏冠花 小桜草 秋海棠 ミズヒキ 石竹 センオウ 天竺牡丹 檀特 ノウゼン葉連 ビロウド花 百日草 松葉牡丹 鳳仙花 ミソハギ 紅蜀葵	梅 海棠 桃 石楠花 躑躅 椿 木芙蓉 木瓜 玫瑰
黄色（橙）	蕓薹 オシロイ 萱草 孔雀草 別種―萱草 月見草 百合ノ如キ黄大花 ノウゼン葉連 天竺牡丹 向日葵 百日草 貝母 射干	棣棠 ヒイラギナルテン 凌霄花 金絲桃 ミヅキ 連翹
白	オシロイ キチジ草 テッパウ百合 鉄線花 トラノヲ ナツユキ ミズヒキ 玉盞花 百日草 鳳仙花 百合 天竺牡丹	梅 馬酔木 サラノ木 ニシキギ 木瓜 木蘭
青（紫）	菖蒲 アラセイ 桔梗 澤桔梗 姫菖蒲 白及 錦葵 紫苑 ヒュアシント ヤグルマ草	紫陽花 ガク 沈丁花 藤 萩

小説を通して見る鷗外のイメージからすると、ちょっと意外で、もっと渋い感じの花を好んだのではないか、と思う人が多いのではないだろうか。

鷗外の花の好みは、生涯変わることがなかった。明治も四十年代を過ぎると、西欧から園芸植物が数多く入り普及した。そのことについて、鷗外は自分の好みを、『田樂豆腐』の中で、主人公の木村に語らせている。

「毎年草花《くさばな》の市《いち》が立《た》つと、木村《きむら》は溫室《をんしつ》に入《い》れずに育《そだ》てられるやうな草《くさ》を選《えら》んで、買《か》つて來《き》て植《う》ゑてゐた。そのうち市《いち》では、一年增《いちねんまし》に西洋種《せいやうだね》の花《はな》が多《おほ》くなつて、今年《ことし》は殆皆西洋種《ほとんどみなせいやうだね》になつてしまった。毬《まり》のやうな花《はな》の咲《さ》く天竺牡丹《てんぢくぼたん》を買《か》はうと思《おも》つても、花瓣《はなびら》の長《なが》い、平《ひら》たい花《はな》の咲《さ》くダアリアしか無《な》い。石竹《せきちく》を買《か》はうと思《おも》つて見《み》れば、カアネエションが並《なら》べてある。花隱元《はないんげん》を誂《あつら》へて置《お》いて取《と》りに往《い》くと、スヰイト・ピイをくれる。とうとう木村《きむら》の庭《には》でも、黄《き》いろいダアリアを始《はじめ》として、いろんな西洋花《せいやうばな》が咲《さ》くやうになつた」

と、明治四十年代からの園芸事情に批判的であった。

そのせいかどうかはわからないが、鷗外はバラやチューリップを庭に植えなかった。とくにバラは、妻のしげが植えたいと言ったのに、それを認めなかった。もちろん、単に手入れが大変だから避けたのかもしれない。が、それだけでなく、彼自身の花に対するこだわりがそうさせたのかもしれない。それでも、鷗外の庭には色とりどりの花が所狭しと植えられ、春から秋にかけて咲き続けたに違いない。

そのような庭の情景を、娘の茉莉が『父の帽子』の一節に、

「…夏の太陽が庭一杯に、輝いている。耳の中で鳴いているような蝉の声の中に軽い、微かな虻《あぶ》や蜂《はち》のうなりが聴え、暑い光りの中に沢山の花々が、庭を埋めて、咲いていた。

薄紅色の花魁草《おいらんそう》、黄色と赤茶の蛇の目草《じゃめそう》、薄紫の、煙のような藤袴《ふじばかま》、雁皮《がんぴ》、檜扇《ひおうぎ》、こまかな虫取菊、紫のジキタリス、淡紫、白、紅などの葵《あおい》、罌粟《けし》、貝殻草、濃い紅色のダリア、天竺牡丹《てんじくぼたん》、夾竹桃《きょうちくとう》、薄藍色の紫陽花《あじさい》、萼《がく》濃い桃色の秋海棠《しゅうかいどう》、紅や白の水引きなぞが、あった。

塀に近い大理石の塑像のそばには、ざらざらした大きい葉を垂らした向日葵《ひまわり》、白と薄紅の芙蓉《ふよう》があり、白い石像の上に薄紫の影を、映していた。

金色の暈《かさ》を描いて蜂が飛んでくると、私は体をすくめてしばらくの間、じっとしていた。がさがさする花や葉を分けて花の中の道を入って行き、塀の際まで行って見る事も、あった。

両側から花が繁って道がなくなり、沢山の花や蕾《つぼみ》をつけた淡青い茎や、濃い緑色の葉が絡みあっている厚い草花の壁が、小さな私の行手を塞《ふさ》いでいる所も、あった。私は蝉の声と花との中に埋まりながらぼんやりと、夏の真昼の静かさの中に、いた。花の匂いがし、空は痛いように白く、光っていた。

ふと思い出して奥の部屋を見ると、遠い向うの庭が暗く、青く、微かな明りに光っていて、いつの間にか、母の姿はなくなっているのだった」

と書いている。

第二章

日記の中の花暦

サフラン

鷗外は、日記にも庭に咲いた花について数多く記録している。その中でも、特徴的な記述が見られる「明治三十一年日記」と十五年後の「大正二年日記」を紹介したい。

これらの日記を見ると、鷗外がいかに花好きであったかがわかる。なお、ここで紹介する日記はガーデニング関連のことだけに限り、他の部分については省略した。また、花の写真などは新しく出てきた植物を中心に示す。

花が恋人であった明治三十一年

明治三十一年の鷗外は、三十六才、独身。公務では、近衛師団軍医部長兼医学校校長。

その年、『審美新鋭』を『めざまし草』に訳載、『智慧袋』を時事新報に連載、『美学史抄』を寄稿、『西周伝』を出版、同時に『公衆医事』（日本医学会）の編集をも担当した。

また、楷行社の編集部幹事を嘱託され、亀井家の貸費学生選考委員も務めている。

鷗外がガーデニングに強い関心を持っていたことは、明治二十九年六月三十日発行の『めさまし草』巻之六を見るとわかる。そこには、鷗外の造園論とも言える『園藝略説』が書かれている。

その『園藝略説』は、「園藝とはいかなるものぞ」から始まり、日本庭園の伝統を守り、その中に留まっているだけでなく、英国の風景式庭園を凌ぐことを期待するとまで述べた、かなり熱の入った小論文である。

明治三十一年日の記は一月一日からはじまり、十二月二日まで書かれている。この年の日記には、花の開花を記録しようとする熱意が感じられる。植物に関する記録は、二月に入ってすぐ。

「二月二日（水）。風。大森の梅開くと聞く」

この日の日記の中心は、ウメの開花である。

「二月四日（金）。…是日向嶋の梅開くと聞く、吾家御園の梅も亦数枝綻び初めたり」

鷗外の庭のウメは向嶋のウメと同じ頃に咲いたようだ。『花暦』の年より十日も早い。

ウメの開花は早かったが、その後はあまり暖かくならず、三月は十六日までに雪が五回も降っている。そのためか、植物の生育は遅れ、開花の記述も一カ月以上見られない。

「三月十七日（木）。晴暄常に殊なり。後園の Hyacinthus 花開く」

ウメ

久しぶりの晴天で、北側の庭のヒヤシンスが咲いた。

「三月二十一日（月）。椿開く」

「三月二十二日（火）。連翹開く」

二十一日、二十二日の日記には、ツバキとレンギョウの花が咲いたことしか書かれていない。

「三月三十日（水）。木蘭開く。…」

観潮楼の庭に、ツバキ、レンギョウ、ハクモクレン、次々に花が咲きはじめた。

「四月一日（金）。桃、木瓜、早櫻開く。…」

モモ、ボケ、サクラが咲いた。

急に暖かくなったようだ。サクラは、「櫻」と書かずに「早櫻」としたのは、ソメイヨシノではないからだろう。この頃咲くサクラとしては、エドヒガンではなかろうか。早櫻がどこに植えられていたかは不明。

エドヒガン

「四月七日（木）。秋花の種子を下す」

四月に入り天候がさえない。七日は久しぶりの晴れ。それを待ち受けていたかのように、鷗外は、秋咲きの花の種を蒔いた。作業内容は、雑草を抜き、土を耕し、肥料を入れて再度耕し、種を蒔き、覆土。庭のどの部分なのかは書かれていないが、おそらく北側の花畑であろう。花畑の面積は、娘の杏奴によれば、約四十坪（一三二平方メートル）と、かなりの広さである。若い鷗外とはいえ、一人ではなかなか大変な作業だったはずだ。一日中、庭仕事に没頭していたに違いない。

花の種をどこから入手したかは、鷗外の母の日記によると、出入りの植木屋かららしい。向島百花園で購入したり、縁日などでも手に入れたようだ。鷗外は、どのような服装で庭仕事をしていたか。勤めには軍服を着用していたが、軍服を作業着にはしなかっただろう。自宅では和服を着ていたことは確かで、作業も和服で行っていたのだろうか。

また、履物は何を履いていたのだろう。どのような用具を使用したか、気にし始めるときりがない。

「四月十日（日）。奠都三十年祭あり。棣棠開く」

ヤマブキの花が咲いた。『花暦』より八日も早く咲いている。

「四月十三日（水）。…海棠開く」

晴天の日が続いて暖かくなったのだろう、カイドウが咲いた。

「四月十六日（土）。花壇をひろむ」

日記の文章はこれだけ。なんともそっけないが、鷗外は一日がかりで庭作業をしていたのだろう。花壇とは北側にある花畑のことであろう。

「四月十八日（月）。…石楠開く」

シャクナゲが咲いた。『花暦』より一日早い。

「四月二十三日（土）。…築山庭造傅を買う。…」

『築山庭造傅』は江戸時代に編集された造園技術書。庭づくりの参考にするために購入したのかもしれない。

「四月二十五日（月）。躑躅開く。…」

『花暦』より五日遅い。キリシマツツジかオオムラサキのどちらかであろう。

「四月二十六日（火）。…江戸名園記…買ふ」『江戸名園記』（明治十四年八月上流校者甫喜山景雄誌）とは、明治になって江戸時代に造られた江戸の庭園が

『築山庭造傅』は一七三五年（享保二十年）に北村援琴《えんきん》が著したもの。これを前編とし、一七九七年（文政十二年）秋里籬島《あきさとりとう》が前著を批判して書いたものが後編。現代では、この二つを合わせて『築山庭造傅』と呼んでいる。

崩壊しているのを見て、名園の沿革や当時の様子などをまとめたものである。

「五月一日（日）。晴暄。花園を修治す」

この日の天候は曇り、鷗外は終日、花の移植や草むしりなどをしていたと思われる。

翌日は雨。鷗外の花園にとっては、まさに恵みの雨となった。

「五月十日（火）。桐、藤の花開く」

キリとフジの花が咲いた。

フジの開花は『花暦』より五日遅い。

「桐」はノウゼンカズラ科落葉高木のキリであろう。『花暦』には書かれていない花である。

鷗外の庭には、梧桐・アオギリ（アオギリ科の落葉高木）が植えられていたことは確かだが、キリも植え

キリ

られていたのであろう。アオギリの開花は六月以降だから、鷗外の見た花はキリの花に間違いない。

「五月十四日（土）。夕より風。卯花開く」

「卯花」はユキノシタ科のウツギ。この花も『花暦』には書かれていない。

「五月十六日（月）。菖蒲、白及華さく。…」

アヤメとシランが咲いた。

「五月二十日（金）。風。萱草開く。…」

風とは、暖かい風が吹いたのだろうか。早咲きのカンゾウ、ニッコウキスゲかヒメカンゾウが咲いた。

ウツギ

「五月二十一日（土）。罌粟、銭葵開く」

罌粟は漢名で、芥子（ケシ）であろう。ケシはケシ科の多年生草本。

現在、ケシは栽培が禁止（あへん法により）されているため、一般家庭で栽培することはできない。
鷗外が庭に植えていたのは、花が美しいだけでなく、薬草（鎮痛・鎮咳）としても関心があったからだと思われる。なお、写真は東京都薬用植物園で撮影したものである。

「銭葵」はゼニアオイ、『花暦』では漢名の「錦葵」と書かれていたが、この年の日記には和名の銭葵と書かれている。

「五月二十三日（月）。やくるま草開く」

ヤグルマギクが咲く。『花暦』より六日遅れる。

「五月二十四日（火）。小櫻草開く」

この年にも「小櫻草」の名が書かれているが、その正体は不明。

「五月二十九日（日）。鉄線花開く」

テッセンは現代では見つけるのが難しい。これによく似たクレマチスは改良した園芸品種である。

「五月三十一日（火）。…玫瑰、あらせい開く」

マイカイ、アラセイトウが咲く。

クレマチス

「六月八日（水）。葵、凌霄葉連、澤桔梗、せんのう等開く。…」

アオイ、ナスタチュウム、サワギキョウ、センノウなどの花が咲き始めた。

「葵」はアオイ科の多年草草本タチアオイのことであろう。『新日本牧野植物圖鑑』によれば、昔はアオイといえばタチアオイを指していたようだ。

近年のタチアオイは、ホリホックと呼ばれる園芸品種で占められ、絞りや八重咲きに人気がある。鷗外の庭のタチアオイは、赤かピンクの一重だったと思われる。写真は園芸品種。

「せんのう等」とあるが、センノウ類ということかもしれない。その理由は、『花暦』には七月三日に記録されており、センノウであれば開花が少々早いような気がする。

この頃に咲くセンノウ類としては、ガンピ（雁皮）かマツモトセンノウ（松本剪秋羅）、フシグロセンノウも東京では咲くことがある。ガンピの可能性が高い。

ガンピ

フシグロセンノウ

「六月十一日（土）。玉かん簪花開く」

「玉簪花」は、ユリ科のタマノカンザシかオオバギボウシであろう。『花暦』で「玉盞花」と書かれていたものと同じ花ではないだろうか。一日早く咲いた。

「六月十二日（日）。大村白井の二人と高嶺秀夫の大塚に訪ふ。…主人と庭園を歩む。Magnolia grandiflora の盛り開けるあり。さらの木の大なるあり。花蕾の将に綻んとするを見る。…午後千樹園に至る。終日天氣好かりき」

Magnolia grandiflora は泰山木（モクレン科常緑樹のタイザンボク）。白い大きな花をつける。鷗外は、この時初めてタイザンボクの花を見たようだ。

その時の印象が強かったので、すぐに名前を尋ね、スペルを日記に書き留めたのではないだろうか。

ホソバタイザンボク

「六月十五日（水）　玉露叢を買う」

玉露叢は、多年生草本・ジャノヒゲ（リュウノヒゲ）だろう。どこで購入したかは不明。


「六月二十二日（水）。金絲桃開く」

ビヨウヤナギが咲く。


「六月二十五日（土）。鉄砲百開く」

テッポウユリが咲く。


「七月三日（日）。萱艸、桔梗、『ダリアス』、薊けし開く」

この日はいくつもの花が咲いた。「萱艸」は『花暦』では「萱草」と書かれていた。ヤブカンゾウかノカンゾウである。

「桔梗」はキキョウ。

『ダリアス』はダリアであろうが、かっこ書きにした意図は不明。何種類もあったからか。

「薊けし」は、ケシ科の一年生草本・アザミゲシ。

花の色は黄色だと思われるが、白色のアザミゲシもある。

「七月六日（水）。百日草開く」
ヒャクニチソウが咲く。

「七月十二日（火）。…みそはぎ開く」
ミソハギが咲く。

「七月十七日（日）。石竹、おいらん草、凌霄、孔雀艸、射干、敗醤等開く」
鷗外の庭は花盛り。カラナデシコ、オイランソウ、ノウゼンカツラ、クジャクソウ、ヒオオギ、オミナエシなどが咲いた。

「おいらん草」は、クサキョウチクトウ科多年生草本のフロックス、クサキョウチクトウのこと。花の香りが花魁（おいらん）の白い粉の香りに似ているからこの名前になったらしい。

現代では数多くの園芸品種が出ており、写真も園芸品種のフロックスである。

クサキョウチクトウ

「敗醤」は、オミナエシ科多年生草本のオミナエシ（オミナメシ）。

秋の七草で、女郎花と書く。漢名の敗醤は、本来オトコエシを示したが、現在ではオミナエシに敗醤を用いる。

「七月二十二日（金）。…百日紅開く」

「百日紅」はサルスベリ科落葉樹のサルスベリである。

百日紅は漢名で紫薇とも書く。
花期が長く、百日にわたって咲くという意味。
サルスベリは木肌がつるつるして、猿もすべり落ちる、ということから名付けられた。

「七月二十三日（土）。おしろい開く」

オシロイバナが咲いた。

「七月二十七日（水）。…朝皃、縷紅開く」

「朝皃」は、ヒルガオ科一年生草本のアサガオのこと。「縷紅」はヒルガオ科一年生草本のルコウソウ。ともに短日植物ではあるが、同じ蔓性植物が同じ日に咲くのは興味深い。

アサガオ

古語の「あさがお」はキキョウやムクゲを指す。

鷗外は江戸時代に使われていた「朝皃」の文字を使用した。ちなみに、『俳諧季寄圖考』には「朝皃」が優先されている。

ルコウソウ

「七月三十日（土）。百合開く。…」

「百合」、ヤマユリが咲く。

「八月四日（木）。…橐駝氏来りて園を治す。…」

橐駝氏とは植木職人のこと。

「八月五日（金）。紅蜀葵開く。…」

モミジアオイが咲く。

「八月二十日（土）。萩開く」

「八月二十一日（日）。芙蓉開く」

この時期には、ハギ、フヨウとそろそろ秋の花が咲きはじめる。

「九月八日（木）。向日葵開く」

ヒマワリの開花の記録をもって、明治三十一年の花の開花記録は終了する。

なお、十月二十日（木）の日記に、「…青山御所を過ぐ。園丁の菊を養ふを看き。微雨」がある。

唐の文豪柳宗元著の『種樹郭橐駝伝《しゅじゅかくたくだでん》』に、背中に瘤のある有能な種樹（うえきや）郭さんのことが書かれている。鷗外は、自分が一目おいている植木屋が来たので敬意を表して、橐駝氏と呼んだのだろう。

好きな花は変わらない

「三十一年日記」に記された花は、五十三種にもおよぶ。『花暦』に負けないくらい充実している。『花暦』と三十一年日記の両方に書かれている花は、四十二種もある。前述で『花暦』は三十年に書かれたと推測したように、書かれた時期が近いことがわかる。

『花暦』にあって三十一年日記に書かれていない花は、二十五種ある。

	草本	木本
花暦にしかない花	①トラノヲ②ミゾハギ③ミズヒキ④ナツユキ⑤秋海棠⑥鳳仙花⑦月見草⑧鶏冠花⑨貝母⑩檀特⑪ビロウド花⑫松葉牡丹⑬蕓薹⑭キチジ草⑮紫苑⑯姫菖蒲⑰ノミヨケ草	①紫陽花②馬酔木③ガク④サラノ木⑤沈丁花⑥ニシキギ⑦ミヅキ⑧ヒイラギナルテン
花暦と三十一年日記両方にある花	①ヒヤシンス②菖蒲③小桜草④白及⑤萱草⑥錦葵⑦鉄線花⑧アラセイ⑨ヤグルマ草⑩桔梗⑪玉簪花⑫澤桔梗⑬石竹⑭射干⑮センノウ⑯テッパウ百合⑰ノウゼン葉連⑱天竺牡⑲オシロイ⑳別種―萱草㉑百日草㉒百合㉓孔雀草㉔紅蜀葵㉕向日葵	①梅②卯花③連翹④木蘭⑤桃⑥木瓜⑦石楠花⑧萩⑨木芙蓉⑩躑躅⑪藤⑫椿⑬玫塊⑭金絲桃⑮凌霄花⑯棣棠⑰海棠
三十一年にしかない花	①葵②薊けし③朝白④敗醤⑥オイラン草⑤ケシ⑦縷紅	①早桜②桐③百日紅

逆に、三十一年日記にあって、『花暦』にない花は十種もある。鷗外の庭は三〇〇坪もあり、丹念に観察しても、見落とす花があって不思議ではない。

三十一年の日記と『花暦』との違いは、開花だけでなく、花の手入れも書かれていることである。その意味では、ガーデニング日誌と言ってもよい。

日記で、植物に関連したことを書き留めた日が四十五日、そのうち自庭の花の開花については三十五日ある。また、花の手入れしかやっていなかったと思われる日が四日もある。とくに二月二日から九月八日まで約七カ月間は、日記に開花だけしか記さない日が十九日もある。鷗外は、明治三十一年、日記をつけ始めたときに、すでに花暦を入れることを考えていたと思われる。

また、鷗外は、『花暦』をもとに、三十年の秋と三十一年の春に、種を蒔いたり、花の移植を行ったのではないか。花の色の組み合わせを考えたり、同じ時期に咲く花をまとめて植えたりするのに役立ったと思われる。

それにしても、明治三十一年当時、これほど綿密に庭の花について記録した人はまずいないだろう。花づくりに専念できるご隠居暮らしならともかく、鷗外は要職を兼任、そのうえ執筆までしていた。このような多忙な条件下でも花の日記を付け続けたのは、無類の花好きであったからに違いない。

執筆・ガーデニングに熱の入った大正二年

大正二年、鷗外は五十一歳。軍医としての最高位である陸軍軍医総監、陸軍省医務局長の要職を勤める傍ら、『阿部一族』、『佐橋甚五郎』などを発表、『ファウスト』、『マクベス』など続々刊行。

また、家族サービスにも熱が入っていて、妻子を連れて観劇、相撲見物、展覧会、植物園へと出かけ、クリスマスパーティーまで行っている。

あいかわらず多忙な日々と思われるが、ガーデニングへの意欲は少しも衰えていない。「大正二年日記」を見ると、開花の記録は少なくなったが、庭の手入れは以前にも増して熱心になっている様子。

三月

「五日（水）。晴。稍暖…芍薬の芽出づ、福壽草開く」

シャクヤクの芽が出て、フクジュソウが咲いた。

シャクヤクの芽

キンポウゲ科多年生草本・フクジュソウ

バイモの芽

「十六日（日）。半陰。園を治す。芍薬、貝母の芽長ぜり。…」
「二十三日（日）。半陰。園を治す。…」
「三十日（日）。晴。…午後園を治す。…」

鷗外は、三月に入って、三週連続して毎週日曜日に庭の手入れを行っている。これはよほどガーデニングが好きでないとできないことだ。ところで、鷗外は、庭の手入れをすることを「園を治す」と書いている。さすがに医者である。おそらく花畑にも、鷗外なりの〝あるべき姿〟があり、その形に近づけるためにまめに手を入れていたのであろう。

四月
「二日（水）。晴。櫻花盛んに開く。…」
「三日（木）。晴。終日園を治す。夕より興津彌五右衛門に關する史料を整理す。…」

この日の庭仕事は、『興津彌五右衛門の遺書』の史料整理を後回しにするほど、彼にとっては重要であったようだ。資料整理よりもガーデニングの方が、

『興津彌五右衛門の遺書』は、大正元年十月の中央公論に載せられたもので、歴史小説としての第一作。書いた動機は、その年九月十三日明治大帝の御大葬にあたり乃木大将夫妻が殉死したこととされている。

優先事項だったように思えてほほえましい。

「六日（日）。晴。阿部一族等殉死小説を整理す。桃、山吹咲き初む」

この日は逆で、本業の話が先。何といっても、長編『阿部一族』の原稿の整理がようやく終了したというのだから、鷗外としては、いの一番に書き留めたいできごとだったのだろう。

この文面だけだとなんとも味気ないが、その後に「桃、山吹咲き初む」を加えることによって、心地よい安堵感がこちらにも伝わってくる。

このように、開花の記述は、日記の中で一見無駄なようにも見えるが、実は鷗外の心情をよく表し、効果的である。

また、鷗外の作品においても、草花は単なる添え物ではなく、意味を持つ小道具として印象的な光を放っている。たとえば、『山椒太夫』に登場するスミレなどは、鷗外が草花に関心を持っていたからこそ、上手に使って、独特の味わいを出すことに成功したのではないか、と思われる。

「十四日（月）。薄曇。葉櫻。…」

『阿部一族』は、大正二年一月の中央公論に載せられた歴史小説。『津弥五右衛門の遺書』とともに乃木大将夫妻の殉死に刺激されて書かれたもの。殉死をめぐる問題とともに、封建杜会の倫理について書いた小説。

「十六日（水）。陰。…杜鵑花の莟。…」

「杜鵑花」はシャクナゲ（石楠花）である。

「十七日（木）。陰。…麻布賢崇寺に往く。…椿、山吹の盛なり。…」

桜は葉桜となり、シャクナゲの蕾もふくらみ、ツバキやヤマブキの花が盛りとなる。

その後、開花の記述は五月末まで見られない。この時期、庭への関心が低くなったかとも思ったが、翌月になるとそうではないことがわかる。

六月

「一日（日）。晴。園を治す。妻、茉莉、杏奴、類、三越に往く」

この日、妻子は三越に出かけた。いつもなら鷗外も一緒に行くはずだが、この日は一人残って花畑で作業をしている。

そういえば、この時期、ガーデニングに熱が入っていたらしく、三月二十三日も妻子だけで出かけている。その日も一日「園を治」し、洋行する知人の見送りにすら行かずに、代わりの人を遣わしている。

「五日（木）。陰。…白花の石竹を買ふ」

日記にいつ植えたとは書かれていないが、このセキチクは庭のどこかに植えられていたのだろう。

この年は、日記に書かれただけで五日間も庭で作業をしている。この日購入したセキチクも、鷗外が花畑に植えたものであろう。植えるに際し、当然のことながら花畑の見回りや植える場所の草取りを行い、花畑に害虫が発生すれば、そちらも対応したはずである。

そのようなとき、鷗外は、庭作業をしながら何を考えていたのだろう。単なる気晴らしだけではないだろう。『大塩平八郎』など、それ以後発表される作品の量から推測して、花を見ながら頭の中では作品の構想を練っていたと思われる。

「八日（日）。晴。…予杏奴、類を伴ひて植物園に往く」

鷗外は、次女の杏奴、次男の類を連れて小石川植物園に出かけた。

写真は小石川植物園の分類標本園。植物名を記した名票の並んだ様子は、田楽豆腐を連想させる。鷗外が書いた『田樂豆腐』のタイトルは、よく訪れた小石川植物園からきたものであろう。

「十九日（木）。晴。暑。灰色の雲。風僅に木葉を揺るがす搖す。

……

「二十日（金）。晴。暑。虞美人艸開く。…」

ここに書かれた「虞美人艸」（ヒナゲシ）は、前々年に購入したもの（前々年の日記には罌粟と書かれている）のことではないか。この年の一月に発表された『ながし』の中に、「虞美人草の問の草をむしつてゐた。」という文章がある。

鷗外は前年、実際に虞美人草の除草を行ったようだ。この作品の中に登場する花は、虞美人草だけである。それが虞美人草でなければならない理由はとくに見当たらない。

鷗外は虞美人草の花が好きで、個人的に興味があったので、この花を選んだに違いない。

ヒナゲシ

「二十四日（火）。陰。…月見草開く。…」

この日で開花の記録は終わる。

花に関連する記述としては、十一月二日（日）に「妻、茉莉、杏奴、類を伴いて、午後植物園に往く」とある。この植物園は、自宅から歩いても行ける小石川植物園である。

また、十一日（火）には観菊会のため赤坂離宮に出かけている。

十二月二十五日の日記に「樅の木に燭火を點し、クリスマスの真似をする」とある。鷗外は率先してクリスマスツリーをつくったようだ。

当時の新聞を見ると「我家のクリスマス」という記事（二十三日付読売）はあるが、家族で行っている例は一つもなかった。しかし、実際のクリスマスをドイツで見ている鷗外は、子供たちとともに樅の木に飾りをつけ、蝋燭を灯して楽しんだようだ。

第三章

鷗外のガーデニング

スミレ

芭蕉二株から始まる庭づくり

森鷗外はいつ頃から、また、なぜ現代のガーデニングに通じるような庭づくりを始めたのだろう。

庭づくりに関する最初の記述は、『観潮楼日記』、明治二十五年九月十八日にある。

「芭蕉二株を樓の前に植ゑたり。庭のさままだ整はねど、これにて一隅のみ片付きぬ」

バショウ

鷗外は、この年、団子坂の上の見晴らしの良い土地に引っ越してきた。そして、もとからあった家を増築して、庭づくりを始めた。

建物の名を「観潮楼」と呼ぶのは、以前はその場所から東京湾が見えたということによったもの。確かに、天気のよい日には、観潮楼の二階から海が見えるときもあったらしい。

庭にはもともと木が植えられていたようだが、鷗外は新しい家に合わせてつくり変えようとしていた。どうやら庭づくりを急いでいたらしい。

それは、三十日に、観潮楼で陸軍衛生部の茶話会を開くことになっていたからである。その日までになんとか庭の体裁をつくろうとしたらしく、二十八日には植木屋や石屋などの職人を大勢動員した。が、その日は雨のため思うようにはかどらなかった。

翌二十九日の日記には、「籬を結はせ、戸口の前に石を据ゑさせなどす」とある。垣根がつくられ、大きな石も配置され、なんとか庭らしくなったらしい。

そして、肝心の三十日の日記には、「石黒忠直君以下八名夾り會す。幸に天氣好かりき」と、会が盛大に催され、鷗外の満足げな気分が伝わってくる。おそらく、庭もそれなりの格好がついたのだろう。

なお、以後の日記には、職人が入ったとか、庭の工事が進んだとかという記述はない。

三百二十坪の庭をデザインする

屋敷の面積は広く、三百二十坪（一〇五六平方メートル）もある。形状は「鉤形《かぎなり》」、東側は複雑に変化していたが、南，北，西側はまっすぐに区切られていた。観潮楼の庭づくりは、まず既存の樹木や石などがあり、増築した家に対応する形で少しずつ整備されたようだ。それが証拠に、玄関先のイチョウは明らかに以前からあったもので、垣根はその木を取り込むように組まれている。

鷗外の住んだ観潮楼の庭は、現在はない。残されているのは、写真のイチョウの木と「三人冗語の石」くらいである。

庭の構成は、大きく分けて建物南側の主庭、北側の裏庭、東側の庭の三つに分けられる。

主庭は、横の東西幅が二〇メートル程度、奥行きが七～一五メートル程度の鉤状の庭である。この庭は、同居している鷗外の父・静男の好みを反映して和風につくられた。母・峰子は、暇さえあれば庭の手入れに精を出していたようだ。

北側の庭は、幅が二〇メートル程度、奥行き七～一四メートル程度で、生け垣や垣根で二つに分けられていた。西側が花畑のある部分、東側が馬小屋や物置のある部分で、鷗外は熱心にこの花畑に手を入れていた。

東側の庭は、幅一三メートル程度、奥行き七メートル程度で周囲を囲まれたような感じの庭である。

その他、玄関から門へと続く部分、建物の間に挟まれた中庭のようなスペースもあった。

当初の庭づくりは、玄関から藪下通に面した門までと、建物南面の主庭であろう。

庭の植木を見ると、高価な樹木や門冠の松などの仕立物など、手入れに金のかかる木はほとんど見られない。また、庭の要となる「滅多にないような丸い滑《なめ》らかな大きな大きな石」も、庭石としてはあまり価値のないもののようだ。したがって、一応、庭の体裁は整ってはいるが、金はさほどかけていないと思われる。

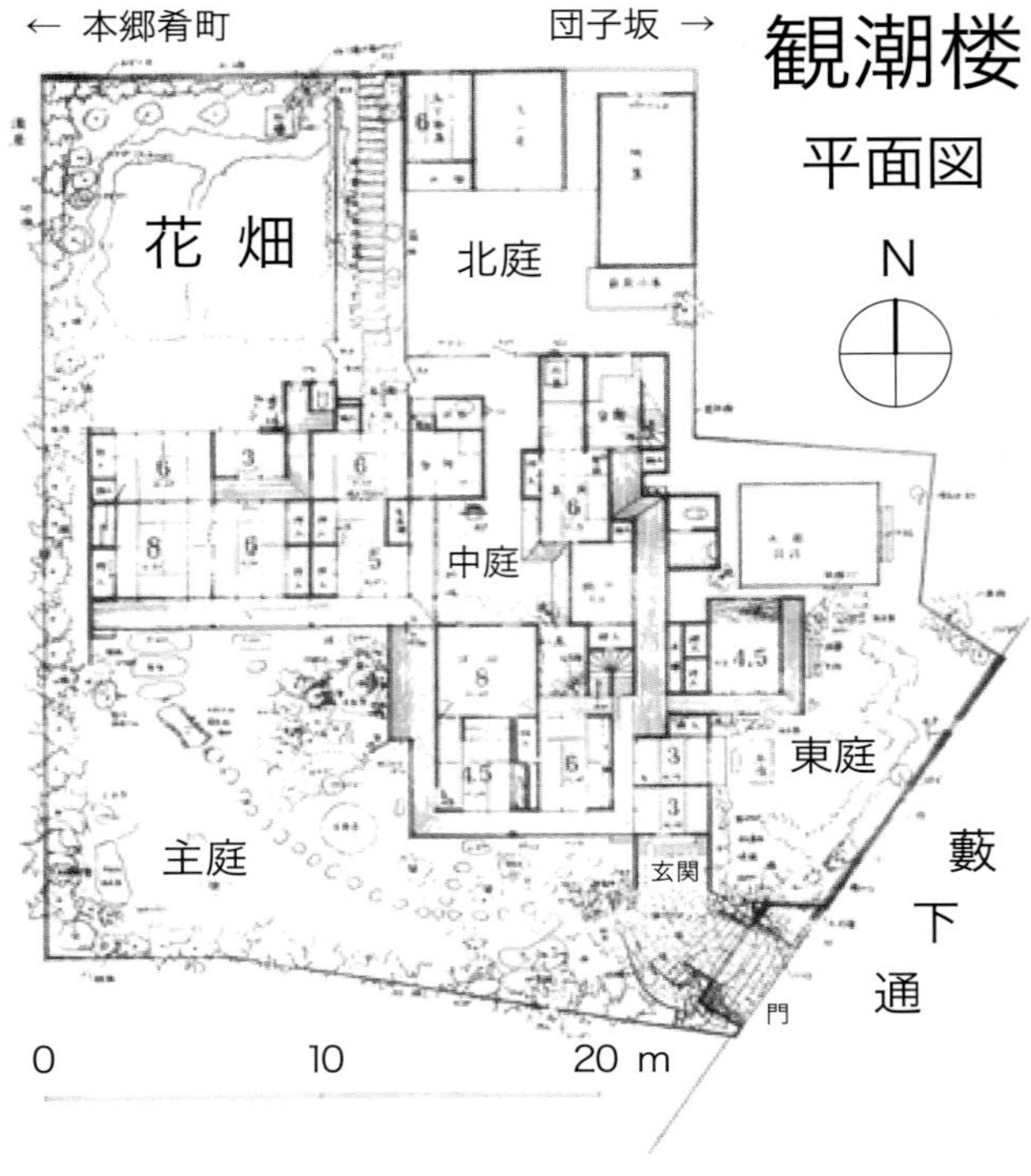

文京区立鷗外記念本郷図書館提供
子供たちの記憶などをもとに描いたとされている。
庭の名称など一部を加筆修正している。

毛虫退治をした門から玄関までの庭

まず、観潮楼の玄関付近から藪下通に面した入り口の部分は、小堀杏奴『晩年の父』によると

「門の脇に低い疎《まだ》らな竹垣で囲まれた僅《わず》かばかりの空地《あきち》があって、八《や》つ手《で》、百日紅《さるすべり》などが植わり、瓦斯灯《ガスとう》のような形をしたものが立っていた。

その中に這入《はい》ってみたくて私は女中に抱いて垣の中に入れてもらった記憶がある。

夏になると白く乾いた石畳の上に薄紅《うすあか》い百日紅の花が散った。

門を這入った左手の低い竹垣の向うは広々した庭で、普段は絶対に開けない木戸が着いている」

また、

「その垣根（低い竹垣）の前に小さい茶の木が一本あった。緑の艶々《つやつや》した葉が繁って好い匂いのする白い花が咲いた。

この茶の木いっぱいに細《ほそ》い毛虫のついたことがある。

そういいながら父は割箸《わりばし》で毛虫をつまんで石畳の上に集め、燐寸《マッチ》を持って来て丹念に焼いて居た。

『杏奴《あんぬ》、これを見ろ』

反対側は裏庭に通ずる木戸で、多分あかしやだろうと思うが洞《うろ》のある大きな木が植わっていた」

と、玄関周辺の様子が語られている。

上の写真は藪下通から門を写したもの（『写真でたどる森鷗外の生涯』より）。撮影した年は不明だが、季節が冬であることは間違いない。

この写真には、ヤツデの他にアカマツらしき木と、他にも高木が三本写っている。

高木は雑木かアカマツで、サルスベリではないと思われる。サルスベリは塀の後ろ側に植えられていたようだ。門の屋根の上の何本かの枝だが、これついては杏奴は「あかしや」と書いているが、マメ科落葉高木のエンジュのようだ。

沙羅の花が咲く主庭

南に面した最も広い庭が観潮楼の主庭である。三男の類は、『鷗外の子供たち』の中で、鷗外が

「この庭は眺める庭で、遊ぶ庭ではないと言った。子どもにはそれが気に入らなかったので、内証《ないしよ》で降りて庭石づたいに像の背中と名づけてある大きい石の上に登って遊んだ。

横に梧桐《あおぎり》の木があって、夏は魏《もち》の大木に無数の油蟬《あぶらぜみ》が止まって終日鳴いていた。

紅葉の木が二階の欄干《らんかん》に枝をのばし、鬱蒼《うつそう》と生いしげって、土の面《おもて》は日照《ひで》りつづく真夏でも青く苔《こけ》がはえて乾燥《かんそう》することはなかった。

植木屋が雑草《ざつそう》を取って、古い座敷箒《ざしきぼうき》で掃《は》いていた。女中が不用意に糸屑《いとくず》などを掃《は》きだすと、父が火箸《ひばし》でひろつて懐紙《かいし》に集めていた。写真でも撮《と》るときのほか、庭にいる父を見たことがない。さして広くない庭だが、石や木の置き方でかなり奥深く見せていた。

春も浅いころは白い木蓮《もくれん》の花が咲き、茂《しげ》みの葉がくれに乙女椿《おとめつばき》が見えた。夏は擬宝珠《ぎぼし》の花の一二輪があるばかりであった」

と書いている。また、杏奴は、

「ただ寝部屋の前にあった人間の体のような形をした面白い紅葉《もみじ》の木は枯れて倒れてしまった事と、父の書斎の前にある珍しく大きな沙羅《さら》の木が枯れた事が実に惜しいと思う。

この庭の飛び石の形も、樹々《きぎ》の間にある石灯籠《いしどうろう》の配置も自然のように上手に出来ている。

沙羅の木の根本には面白い形をした石があって、夏になると青く葉の茂った奥に、気品の高い白い花が、咲くとみる間に散ってしまう。

藍色の縮《ちぢみ》の単重《ひとえ》を著た父が裾《すそ》をまくって白い脛《すね》を出し、飛び石を跣《はだし》で伝っては落ちた花を拾って来たものだ」

と、当時をふり返っている。

この沙羅の木は、鷗外の亡くなった翌年枯れてしまった。だからだろう。

「暫くして母と二人で散歩に出たら、夜店に思い掛けなく小さい沙羅の木の植わった盆栽があったので、それを少し離れた場所に植えて置いた。

やつで、青桐、紅葉、椿などこんもりと茂っている。

縁に近く、ぜんまいの芽が出るのと福寿草の黄金色の盃のような花が開くのとが、この庭では一番最初に春を感じさせる」と述べている。

下の写真は観潮楼南面にある主庭（『写真でたどる森鷗外の生涯』より）。明治三十年四月に撮影されたもの。左から鷗外、幸田露伴、齋藤緑雨。場所は主庭の東側で、鷗外の腰掛けている石が「三人冗語の石」。

鷗外の後に見える灌木はアセビで、右後にある最も太い木がアオギリ。その横の少し細い木がハクモクレン。

また、緑雨が寄りかかっている木は紅葉。これはおそらくイロハカエデであろう。

足元や石のそばにはクマザサが繁っている。緑雨の後にはヤツデも見える。他にもモチノキやツバキなどが植えてあったようだが、この写真からはわかりにくい。

鷗外が最も愛した花畑

北側の庭には大きな花畑があった。ここは、花暦や日記に登場する花々で彩られ、鷗外流のガーデニングが展開された場所である。

この庭は、茉莉の『父の居た場所』では、

「右側は、花畑と言っていた。草花と、花の咲く木で埋まった庭と、枇杷《びわ》、山茶花《さざんか》、海棠《かいどう》、椿、ぐみ、泰山木《たいざんぼく》なぞの木のある裏庭、無果花《いちじく》の木のある物干し場、馬小屋、馬丁の部屋のある空き地なぞが、裏門と裏玄関をつなぐ飛び石を挟んで続いていた」

と書かれている。また、杏奴は『晩年の父』で、花畑の様子を、

「おいらん草《そう》、蛇《じゃ》の目草《めそう》、虫取草、ダリアにあやめ、ちょっと思い出して見てもいい尽くせないほど沢山の花を父は四十坪ほどの庭一面に植えていた。別に花壇を作るという事もなく、庭中ただもう花でいっぱいだった」

というふうに記している。

花畑の作り方について、鷗外は、『田樂豆腐』の中で、

「木村《きむら》は僅《わづ》か百坪《ひやくつぼ》ばかりの庭《には》に草花《くさばな》を造《つく》つてゐる。造《つく》ると云《い》つても、世間《せけん》の園藝家《ゑんげいか》のやうに、大きい花《はな》や變《かは》つた花《はな》を咲《さ》かせようとしてゐるのではない。なる丈《たけ》種類《しゆるゐ》の多《おほ》い草花《くさばな》が交《まじ》つて、自然《しぜん》らしく咲《さ》くやうにと心掛《こゝろが》けて、寒《さむ》い時《とき》から氣《き》を附《つ》けて、間々《あひだ/\》の雑草《ざつそう》を抜《ぬ》いて、宿根《しゆくこん》のあるものが芽《め》を出《だ》したり、去年《きよねん》の飜《こぼ》れ種《だね》が生《は》えたりする度《たび》に、それをあちこちに植《う》ゑ替《か》へるに過《す》ぎない。動坂《どうざか》にゐる長原《ながはら》と云《い》ふ友達《ともだち》の持《も》つて來《き》てくれた月草《つきぐさ》までが植《う》ゑてある。俗《ぞく》にいふ露草《つゆぐさ》である。木村《きむら》の知《し》つてゐる限《かぎ》りでは、こんな風《ふう》に自然《しぜん》らしく草花《くさばな》を造《つく》つてゐるものは、麹町《かうぢまち》にゐる友達《ともだち》の黑田《くろだ》しか無《な》い。黑田《くろだ》はそこで寫生《しやせい》をするのである。併《しか》し黑田《くろだ》は別《べつ》に溫室《おんしつ》なんぞも拵《こしら》へてゐて、抗抵力《こうていりよく》の弱《よわ》い花《はな》をも育《そだ》てる。木村《きむら》は打《う》ち遣《や》つて置《お》いても咲《さ》く花《はな》しか造《つく》らない」

と書いている。とはいえ、まったく手を入れないわけではない。

では、どのようなことをしたかというと、

「木村《きむら》は初《はじ》め雑草《ざつそう》ばかり抜《ぬ》く積《つも》りでゐた。併《しか》し草花《くさばな》の中《なか》にも生存競争《せいぞんきやうさう》があつて、優勝者《いうしようしや》は必《かなら》ずしも優美《いうび》ではない。暴力《ばうりよく》のある、野蠻《やばん》な奴《やつ》があたりを侵略《しんりやく》してしまふやうになり易《やす》い。今年《ことし》なんぞは月見《つきみ》ぐさが庭一面《にはいちめん》に蔓《はび》こりさうになつ

たので、隅《すみ》の方に二三本殘《にさんぼんのこ》して置《お》いて、跡《あと》は皆平《みなたひら》げてしまつた。二三年前《にさんねんまへ》には葉鶏頭《はげいとう》が澤山出來《たくさんでき》たのを、餘《あま》り憎《にく》くもない草《くさ》だと思《おも》つて其儘《そのまゝ》にして置《お》くと、それ切《き》り絶《た》えてしまつた」

と、失敗談も加えている。

愛娘・茉莉が見つけた〝パッパ〟のガーデン

鷗外は花畑づくりのハウツーをどこで学んだのだろう。明治中頃の東京には、参考になるような西欧の花々を植えた庭園や公園は存在しなかった。では一体、どこで学んだのか。その疑問に答えてくれたのは娘の茉莉が書いた著書『父の居た場所』である。そこに鷗外の花畑の原型が見出される。

大正十一年に鷗外が亡くなったとき、茉莉はドイツに留学中で、すぐには日本に戻ることができなかった。父親思いの茉莉は、父が留学中に過ごしたいくつかの思い出の場所を訪ね、自分の気持ちを慰めていた。そして、若き日の父の足跡を追ううちに、観潮楼の花畑と同じような景色を発見した。その場所が、

「パンジョンの部屋で、一種の感動を抱いた私が町へ出ると、そこにも父の世界があった。垣根越しに見える家々の草花が父の家の花畑の花と同じである。父が独逸から種を持って帰って植えた、ジキタリス、向日葵《ひまわり》、姫向日葵《ひめひまわり》、葵《あおい》、バイモ、百日草、虫取菊なぞが私の胸を締めつけるようにして、夕闇に咲いているのである」

と、まさに鷗外の花畑と同じ風景であったことを感慨深げに書き記した。

鷗外は、明治十七年十月から二十一年七月まで約四年間、ドイツで留学生活を送った。その間に西欧の庭や公園を見て、植物の性質や育て方を学んだと思われる。

鷗外の父が写る夏の写真

花畑はいつ頃からつくられたのだろうか。早ければ明治二十五年、遅くとも二十六年には着手された。それは、明治二十七年の夏の写真に花畑が写っているからである。

その写真には、父・静男と弟の潤三郎が立っていて、二人の後には棚に並んだたくさんの盆栽が写っている。さらに二人の前には花畑があり、草花が鬱蒼と繁っている。この写真を見ると、意外に早い時期から観潮櫻に花畑が存在していたことがわかる。

明治二十七年の夏の写真
盆栽棚を背景にした花畑の一部

左が父・静男、右が弟・潤三郎。(『写真でたどる森鷗外の生涯』より)

花畑の植物の種類が気になるところだが、残念ながら写りが悪く、判別しづらい。左側の写真の中央より少々下にヤブカンゾウらしき花が見えるが、はっきりしない。かなりの種類の草花が所狭しと植えられていたことだけは確かだ。

鷗外が庭づくり・ガーデニングに関心を持ったのは、父・静夫の影響が大きかったものと思われる。父・静夫の庭いじりについて、鷗外は、十四歳の頃、夏休みに向島の家に帰ったときのことを、「僕のお父様《とう》はお邸に近い處に、小さい地面付きの家を買つて、少しばかりの畠にいろいろな物を作つて樂しんでをられる」と、『ヰタ・セクスアリス』に書いている。

明治十四年、鷗外は卒業を前にして肋膜炎を患った十九歳頃のこと、父は千住に住んでいた。その千住の庭の様子を、妹・喜美子は『森鷗外の系族』に記している。

「お父様は庭いじりをなさいます。松とか石榴とか、盆栽物の手入が何よりもお好きで、気に入ったのを代る代る家へ入れて眺めながら、濃いいお茶を召上るのがこの上ないお楽しみでした。…夕食後にはお兄様も庭へ下りて土いじりをなさいます。

向島の庭について妹・喜美子は、『森鷗外の系族』に記している。

「今度の家は大角とかいった質屋の隠居所で、庭道楽だったそうで、立派な木や石が這入《はい》っていました。人の話を聞いてお父様がお出かけになって、一度御覧になったらすっかりお気に入って、是非買うとおっしゃいます。曳舟《ひきふね》の通りが田圃を隔てて見えるほど奥まった家なのですから…今少し出這入《ではいり》のよい場所を探したらと止めてもお聴きにならないで、とうとうそこになったのです。庭の正面に大きな笠松の枝が低く垂下《たれさが》って、添杭《そえぐい》がしてあって下の雪見灯籠《ゆきみどうろう》に被っています。松の根元には美しい篠《ささ》が一面に生《お》い茂っていました。その傍に三坪ほどの菖蒲畑があって、引越した時にちょうど花盛りでした。紫や白の花が叢《むら》がって咲いていましたので、お母様が荷物を片附ける手を休めて、『まあ綺麗ですね』と、思わずおいいになると、お父様は、それ見ろとでもいいたそうに、笑って立って

『この松の枝振りを見ておれ、苔付もいいだろう』

『大変によくなりましたね』

おっしゃるけれど、ほんとうはそんなのはお好きではないので、奥庭は嫌われるからと、前の庭へ芥子を一面にお蒔きになった事もありました」

と書いている。

写真の花畑は、鷗外がつくったもの。それに対し、盆栽棚は静男の趣味でつくられたものであろう。静男が盆栽に凝っていたことは、鷗外の妹・喜美子の記述（前記『森鷗外の系族』）からも推測できる。盆栽を始めたのは、向島に住みはじめた明治五年頃からであろう。そして、盆栽にさらに熱を入れはじめたのは、千住に移った十二年頃からではなかろうか。その頃の様子を鷗外は『カズイスチカ』に書いている。

「…診療室は、南向きの、一番廣い間で、花房の父が大きい雛棚《ひなだな》のやうな臺を据ゑて、盆栽《ぼんさい》を並べて置くのは、此室の前の庭であった。病人を見て疲れると、この髯《ひげ》の長い翁《おきな》は、目を棚の上の盆栽に移して、私《ひそ》かに自ら娯《たのし》むのであった。

待合にしてある次の間には幾ら病人が溜まってゐても、翁は小さい煙管《きせる》でいられました。

門前には大きな柳があり這入った右側は梅林でした。梅林の奥に掘井戸がありります。向島は湿地で、一体に井戸が浅いので菅、それでも水はよいのでした。お父様はお茶が好きなので、水のよいというのをお喜びです。その井戸に被さるようになった百日紅《さるすべり》の大木があるのが私には珍しくて、曲った幹のつるつるしたのを撫《な》でて見ました。庭と井戸の境には低い竹の垣根があって、見馴《みな》れない蔓《つる》がからんでいますのを、『これは何でしょう』と聞きましたら、お父様は、『それは美男葛《びなんかずら》といってね。夏は青白い花が咲くのだ。もう莟《つぼみ》があるだろう。実が熟すと南天のように赤くて綺麗だよ。蔓の皮を剥《は》いで水に浸すと、粘《ねばり》が出るのを髪に附けるだとさ。それで美男葛というのだろう』とおっしやいました。

柿の木もあり、枇杷もあり、裏には小さな稲荷様の祠もありました。…お国を出てから今日まで我慢をしていらっ

雲井《くもゐ》を吹かしながら、ゆつくり盆栽を眺《なが》めてゐた」

この文の「花房の父」は、鷗外の父・静男がモデルになっていることは言うまでもない。静男は、診療室に盆栽を持ち込むほどの熱心であった。

盆栽棚の鉢は、写真からはわかりにくいが、喜美子の記憶によると松や石榴などが多かったようだ。これらの盆栽は、当時の動向に詳しい『美術盆栽図』（田口松旭・明治二十五年）に描かれた種類と符合する。とくに、現在ではめったに盆栽にはならない石榴を好んでいたことなどから、静男は当時の流行に敏感であったと思われる。

他の盆栽については、『美術盆栽図』に掲載されている植物から想定して、ウメ、ハイネズ、ゴヨウマツ、スギ、カエデ、サツキなどであろう。かなりの数の盆栽があったと思われるが、どうやら静男一人で世話をしていたようである。

家族の思い出がいっぱいつまった東側の庭

この庭はあまり広くない。建物に囲まれたような感じで、子供たちの庭とな

しゃったのですから、お父様はお家の時はいつもお庭でした」

り、幼いころの思い出がいっぱいつまった場所である。

杏奴の『晩年の父』の懐古談は、

「海棠《かいどう》、紅い美しい実のなる茱萸《ぐみ》の木も二本あった。

開いた事のない小さい通用門の傍には、大きな柚子《ゆず》の木もあった。

青い柚子の実の落ちているのを拾って母の処へ持って行ったら、

『これはお母さんの大好きなものなんだよ』とひどく喜んでくれたので時々庭へ拾いに出た」

という、微笑ましいもの。また、

「庭のずっと北の隅に父の書物を入れる大きな土蔵があった。…土蔵の白壁に沿って木苺が青々と茂っている、樺色の甘い実のなるのを取っては食べるのがどんなに楽みだったか、ちょっと油断していると蟻がついたり、小鳥が来て食べてしまったりした」、

「岩菲《がんぴ》というように聞いていたのだが、撫子《なでしこ》の花に似た樺色《かばいろ》の花、夾竹桃《きょうちくとう》、桔梗《ききょう》、ダリアなどいっぱい咲いていた。

父はまた小さい鉢《はち》を買って来て、その中に水蓮《すいれん》を作った。

そういう事も仕事の暇を楽しみに少しずつやって、何時の間にかすっかり庭

スイレン

らしく楽しい空気をつくって行くのであった。

この鉢の中には黄色い花の咲く河骨《こうほね》もあった」ともある。

子供らが遊び、イタチが踊る中庭

敷地のほぼ中央に建物に囲まれた中庭がある。その場所もまた、子供たちの遊び場としての楽しい思い出がたくさんある。

杏奴は『晩年の父』に、

「中庭には砂場があって、私と弟とは此処で砂いじりをして遊んだ。母は此処に薔薇の花を植えたがっていたのだが、子供たちの好きなようにした方が好いという父の意見で砂場になってしまったのだ。

藍《あい》の竪縞《たてじま》に黒い蝙蝠《こうもり》の飛んでいる模様の袖無《そでな》しの浴衣《ゆかた》を著《き》せられて、私と弟はバケツや小さいシャベルを持って其処に遊んだ。

この砂場には毎朝定まった時刻に大きな鼬《いたち》が一匹砂を浴びに来る。それが恰度《ちょうど》私たちが茶の間で朝御飯を食べている時で、鼬は砂を浴びるために跳廻るのがまるで、ダンスをしているように見える」と書いている。

コウホネ

鷗外晩年のガーデニング

鷗外が亡くなる大正十一年の日記には、花に関する記述はさすがに少ない。

四月
「一日。土。晴。櫻花盛開。…」
「二日。日。晴。栽花東園」

一日、サクラの花が満開。もっとも、これが自宅の庭のことなのかどうかはよくわからない。

翌日、東側の園、花壇だと思われる場所に花を植えている。

次の日曜日は雨。その次の日曜日（十六日）は晴れたので、杏奴と類とともに小石川植物園へ歩いて行った。

この年の日記では、庭の花に関する記述はこのわずか一回きりである。

庭には、例年と同じようにたくさんの花が咲いたはずだが、やはり以前に比べて花への関心は薄れていたようだ。これは、病気が進行して気力・体力が低下したからだろう。

ただ、日記には書かなくても、鷗外が花に関心を持ち続けたことは、娘のエッセイなどからもわかる。

三月十一日の日記は

「土。晴。参寮。杏奴随来。」しか書いていない。

この日、鷗外と杏奴は一緒に図書寮に出かけた。そこで杏奴は、しばらくの間、勉強をさせられた後、鷗外から散歩に誘われた。

「二人は庭に出て、人のいない裏の原っぱの方へ歩いて行った。短くすりきれた枯野原が広々《ひろびろ》と続いて枯木がぽつんぽつんと立っていた。

もう沈みかけた夕陽《ゆうひ》が白い建物の一部にうすあかい光を投げ、冷たい風が野原の中を荒々しく走り廻っていた。

父は大きい、灰色がかった外套《がいとう》を着《き》て、ゆっくりゆっくり歩いた。

不意に立ちとどまると、父はかくしから白い象牙《ぞうげ》の、いつもの洋書の頁を切る時に使う紙きりを出して土を掘りはじめた。乾いた土がぼろぼろと散った中に、小さな菫《すみれ》の葉が出ていたのだ。父の大きく震える白い手が、根ごと菫を採《と》るのを私は見ていた。

もうじき春が来る―

私はなんとなくそう思った。

『家《うち》へ帰って、庭へ植えよう』

父は楽しい事を打明けるような小さい声でいった」(『晩年の父』小堀杏奴より)。

このエピソードが示すように、花への変わらぬ愛情を持ち続けていたことは確かである。

五月二日に書いた杏奴への端書には、

「奈良の官舎の庭にはつゝじが美しくさいてゐる。睡蓮の鉢が三つある内のも日あたりの好い所へ出して下さい」

と、自宅のスイレンの心配をしている。

五月三日にも、杏奴への端書を書いている。

「正倉院の中はゲンゲがいつぱいさいてゐて子供にとらせたいとおもつた」

スミレの葉

というが、よほど杏奴にレンゲを摘ませたかったのだろう。また、五日に妻・しげへ宛てた手紙にも、「アンヌにとらせたい」と書かれた紙が入っていた。

また、五月三日、鷗外の日記は「水。雨。歩街。京人贈醃藏菜花…」。この頃の鷗外はかなり衰弱していた。それにもかかわらず、奈良の正倉院へ出張した。鷗外は大正七年から毎年出張している。この年も病気を押して出かけたらしい。三日の日は、雨で正倉院が休みになったのを幸い、周辺を散策し、珍しい草花を採集している。

そのことを、杏奴は『晩年の父』に「母から聞いた話」として、

「今日は雨が降ってお倉が開かないので、傘《かさ》をさして、足駄《あしだ》をはいて、何処其処《どこそこ》へ行きましたと言うような手紙が私や弟の所に大分来ている。

時には近くの山へ行ったりして珍しい山の草花を押花《おしばな》にして送ってくれたりしていた。

こんな事が体にいけないのは勿論《もちろん》の事であろう」

と書いた。鷗外が亡くなる二カ月前のことである。

以上で鷗外のガーデニングに関する記述は終わる。結局、鷗外にとって庭や花は、どのような存在だったのだろう。

作家としての鷗外、軍医としての鷗外の他にもう一人、ガーディナーとしての鷗外がいた。ただ、彼の遺言「余は石見人、森林太郎として死せんと欲す。墓は森林太郎のほか一字も彫るべからず」からすれば、花好きの鷗外は森林太郎と呼ぶべきかもしれない。

彼にとって、作家や軍医は天命に応えるものであったように思われる。名声やお金には淡白であった彼の真の願いは、家族が健康で仲良く楽しく暮らすことだと思われる。医者でありながら、次男を病気で失ったこともあり、家族、とくに子供たちの健康にはことのほか注意をはらった。その子供たちと過ごす庭や花は、彼にとって欠くことのできない存在であったに違いない。

おわりに

以前、雑誌『グリーン・エージ』（(財）日本緑化センター刊）に、「江戸時代の園芸文化を探る」というタイトルで連載を書いた。その編集長・石井健雄氏から、次編を書かないかと誘われ、明治・大正時代の花の流行、市民の園芸などの状況を綴ったのが「明治のガーデニング」である。書き進めるうちに、鷗外のガーデニングがことのほか気になり始めた。

さらに、鷗外が無類の花好きだったことに気づいたのは、私が『明治東京庶民の楽しみ』を書くために鷗外の日記をひも解いていたからである。次編の『大正ロマン東京人の楽しみ』には、鷗外が植物園へ出かけたり、庭仕事をしていたことも日記の記述にあり、そのあたりのことは、『大正ロマン東京人の楽しみ』に詳しい。もともと職業がらガーデニングには関心があり、明治・大正時代のガーデニングを知るうえでも鷗外の日記にはひとかたならぬ興味をいだいた。

しかも、鷗外の花の好みは私と似ていて、『花暦』に記された植物の6割ほどがわが家にあった。これなら容易に写真が集まると思ったが、他の花は近くの植物園に出かけても見当たらない。ふらりと立寄った市民農園の一角で偶然見つけたり、という幸運もあったが、これに意外と手間取った。また、探しているうちに開花時期を逃したり、植物名の判断が困難なものも少なくなかった。そのため、写真の提供や植物名の相談など、大勢の方から支援をいただいた。ただ、あまりにも大勢で書き切れないので、ここに御礼申し上げることでお許しを願いたい。

鷗外について門外漢であった私に、『花暦』などの資料とともに多くの助言をいただいた鷗外記念室にはたいへんお世話になりました。

最後に、「一般の人も気軽に読める園芸書を」ということで以前から意見が一致していた、編集の前島隆氏と、この企画を出版に結びつけてくれた養賢堂に感謝いたします。

主な引用参考文献

伊藤伊兵衛『草花絵前集』
伊藤伊兵衛『広益地錦抄』
上原敬二『樹木大図説』有明書房
北村援琴・秋里蘺島『築山庭造傳』東壁堂
小堀杏奴『晩年の父』岩波書店
小金井喜美子『鷗外の思い出』岩波書店
小金井喜美子『森鷗外の系図』岩波書店
小堀圭一郎『若き日の森鷗外』東大出版会
斎藤正二『日本人と植物・動物』雪華社
寺田寅彦『寺田寅彦随筆集 第二巻』岩波文庫
日本植物友の会『日本植物方言集』八坂書房
日本園芸研究会『明治園芸史』日本園芸研究会
法橋保國『野山草』稱觥堂版
梅枝軒来鶯『俳諧季寄圖考草木』
文京区立鷗外記念本郷図書館『写真でたどる森鷗外の生涯』文京区教育委員会
甫喜山景雄誌（校注者）『江戸名園記』我自刊我書　古書保存書屋
本田正二他（監修）『原色園芸植物大圖鑑』北隆館
本多錦吉郎『日本名園圖譜』
牧野富太郎『牧野新植物圖鑑』北隆館
正岡子規『子規全集十九巻』講談社
室木弥太郎（校注者）『新潮日本古典集成第八巻 説教集』新潮社
森鷗外研究会他『森鷗外研究』和泉書院
森於莵『父親としての森鷗外』筑摩書房
森潤三郎『鷗外　森　林太郎』森北出版
森峰子『〈増補版〉森鷗外・母の日記』山崎國紀（編者）、三一書房
森茉莉『森茉莉全集』筑摩書房
森林太郎『森鷗外全集』筑摩書房
森林太郎『鷗外全集』岩波書店
森類『鷗外の子供たち』ちくま文庫
横井時冬『日本庭園発達史』（日本文化名著選）創元社

泰山木	タイザンボク	『父の居た場所』	105
チャ（茶）	チャ	『晩年の父』	
サラノ木	ナツツバキ	『花暦』	5、51
ニシキギ	ニシキギ	『花暦』	36
凌霄花	ノウゼンカズラ	『花暦』	73
木蘭	ハクモクレン	『花暦』	20、21
海棠	ハナカイドウ（カイドウ）	『花暦』	30
玫瑰	ハマナス？（マイカイ）	『花暦』	35
ヒイラギナルテン	ヒイラギナンテン	『花暦』	23
ミヅキ	ヒュウガミズキ（またはトサミズキ）	『花暦』	17
金絲桃	ビヨウヤナギ	『花暦』	53
枇杷	ビワ	『晩年の父』	
藤	フジ	『花暦』	33
木芙蓉（芙蓉）	フヨウ	『花暦』	81
木瓜	ボケ	『花暦』	16
野木瓜	ムベ	『鷗外の子供たち』	
黐	モチノキ	『鷗外の子供たち』	
桃	モモ	『花暦』	19
八つ手	ヤツデ	『晩年の父』	
萩（胡枝花）	ヤマハギ	『花暦』	83
棣棠	ヤマブキ	『花暦』	29
紅葉（槭）	ヤマモミジ	『父の居た場所』	
柚子	ユズ	『鷗外の子供たち』	
連翹	レンギョウ	『明治三十一年日記』	18

注）出典名は先に刊行された方を示した。

ヤグルマ草	ヤグルマソウ（ヤグルマギク）	『花暦』	39
萱草 — 別種	ヤブカンゾウ？（ノカンゾウ）	『花暦』	63
百合	ヤマユリ	『花暦』	77
玉露叢	リュウノヒゲ	『明治三十一年日記』	
縷紅	ルコウソウ	『明治三十一年日記』	111
澤桔梗	不明	『花暦』	
虫取草	不明	『鷗外の子供たち』	
ノミヨケ草	不明	『花暦』	
小桜草	不明	『花暦』	

木　本

作品上の記載名	植物名	出典名	写真頁
梧桐	アオギリ	『鷗外の子供たち』	
紫陽花	アジサイ	『花暦』	64
馬酔木	アセビ	『花暦』	12、13
無花果	イチジク	『父の居た場所』	
イチョウ	イチョウ	『晩年の父』	126
卯花	ウツギ	『明治三十一年日記』	100
梅	ウメ	『花暦』	9、10
あかしあ	エンジュ？	『晩年の父』	
早桜	エドヒガン？	『明治三十一年日記』	96
躑躅	オオムラサキ？（キリシマツツジ）	『花暦』	32
椿（乙女椿）	オトメツバキ	『花暦』	15
ガク	ガクアジサイ	『花暦』	58
樫	カシ（スダジイまたはシラカシ？）	『晩年の父』	
木苺	キイチゴ	『晩年の父』	
夾竹桃	キョウチクトウ	『晩年の父』	
桐	キリ	『明治三十一年日記』	99
茱萸	グミ	『晩年の父』	
山茶花	サザンカ	『父の居た場所』	
百日紅	サルスベリ	『明治四十三年日記』	110
石楠花	シャクナゲ（アズマシャクナゲ）	『花暦』	31
沈丁花	ジンチョウゲ	『花暦』	11
槲	スダジイ？	『大正一年日記』	

菫	スミレ （タチツボスミレ？）	『晩年の父』	123
石竹	セキチク	『花暦』	78
錦葵（銭葵）	ゼニアオイ	『花暦』	49
センオウ	センノウ	『花暦』	59
ゼンマイ	ゼンマイ	『晩年の父』	
葵	タチアオイ （ハナアオイ）	『明治三十一年日記』	103
天竺牡丹	ダリア	『花暦』	56
ビロウド花	ダリア （上記とは異なる花）	『花暦』	56
檀特	ダンドク	『花暦』	76
鉄線花	テッセン	『花暦』	44
テッパウ百合	テッポウユリ	『花暦』	55
黄蜀葵	トロロアオイ	『明治四十二年日記』	
ノウゼン葉連	ナスタチュウム （キンレンカ）	『花暦』	45
萱草	ニッコウキスゲ？ （ヒメカンゾウ）	『花暦』	42
野菊	ノジギク？	『明治四十三年日記』	
貝母	バイモ （アミガサユリ）	『花暦』	26
芭蕉	バショウ	『観潮楼日記残缺』	124
射干	ヒオオギ	『花暦』	74
虞美人艸	ヒナゲシ	『大正二年日記』	121
向日葵	ヒマワリ	『花暦』	80
姫菖蒲	ヒメアヤメ？ （サンズンアヤメ・ ニワゼキショウ）	『花暦』	40
百日草	ヒャクニチソウ （ジニア）	『花暦』	57
ヒュアシント	ヒヤシンス	『花暦』	24
福壽草	フクジュソウ	『大正二年日記』	116
蘭草	フジバカマ	『大正六年日記』	
キチジ草	フッキソウ	『花暦』	25
鳳仙花	ホウセンカ	『花暦』	67
松葉牡丹	マツバボタン	『花暦』	54
ミズヒキ	ミズヒキ	『花暦』	75
ミソハギ	ミソハギ	『花暦』	72
虫とりなでしこ	ムシトリナデシコ	『明治四十四年日記』	
紅蜀葵	モミジアオイ	『花暦』	79

鷗外の庭に生育した植物

草　本

作品上の記載名	植物名	出典名	写真頁
朝皃	アサガオ	『明治三十一年日記』	111
薊けし	アザミゲシ	『明治三十一年日記』	107
菖蒲	アヤメ	『花暦』	41
アラセイ	アラセイトウ？（オオアラセイトウ）	『花暦』	48
苺	イチゴ	『晩年の父』	
蕓薹	ウンタイアブラナ	『花暦』	22
玉盞花（玉簪花）	オオバギボウシ？（タマノカンザシ）	『花暦』	61
月見草	オオマツヨイグサ？（ツキミソウ）	『花暦』	66
トラノヲ	オカトラノウ？（クガイソウ）	『花暦』	68
オシロイ	オシロイバナ	『花暦』	71
敗醤	オミナエシ	『明治三十一年日記』	109
せんのう等	ガンピ（フシグロセンノウ？）	『花暦』	104
	クマザサ	明治三十年撮影写真	
桔梗	キキョウ	『花暦』	62
ナツユキ	キョウガノコ白花	『花暦』	50
おいらん草	クサキョウチクトウ（オイランソウ）	『明治三十一年日記』	108
孔雀草	クジャクソウ（ハルシャギク・ジャノメソウ）	『花暦』	65
鶏冠花	ケイトウ	『花暦』	69
ケシ（罌粟）	ケシ	『明治三十一年日記』	101
河骨	コウホネ	『晩年の父』	144
櫻草	サクラソウ	『大正三年日記』	
紫苑	シオン	『花暦』	85
芍薬	シャクヤク	『明治四十二年日記』	115
秋海棠	シュウカイドウ	『花暦』	84
白及	シラン	『花暦』	43
睡蓮	スイレン	『大正七年日記』	143
薄	ススキ	『晩年の父』	

著者紹介

青木 宏一郎（あおき こういちろう）

1945年、新潟県生まれ。1968年、千葉大学園芸学部造園学科卒業。森林都市研究室を設立し、ランドスケープ・ガーディナーとして青森県弘前市弘前公園計画設計、福島県裏磐梯高原猫魔スキー場計画、福島県下郷町（大内宿の町）景観形成基本計画設計などの業務を行う。その間、東京大学農学部林学科、三重大学工学部建築学科、千葉大学園芸学部緑地・環境学科にて非常勤講師を勤める。

著書に、『江戸の園芸』（筑摩書房）、『江戸のガーデニング』（平凡社）、『江戸時代の自然』（都市文化社）『自然保護のガーデニング』（中央公論新社）、『公園の利用』（地球社）、『江戸庶民の楽しみ』（中央公論新社）などがある。

http://www17.ocn.ne.jp/~k-aoki

JCLS〈(株)日本著作出版権管理システム委託出版物〉

2008

2008年 9月15日　第1版発行

鷗外の花暦

著者との申し合せにより検印省略

©著作権所有

定価 2100円（本体2000円 税 5%）

著作者　青《あお》木《き》　宏《こう》一《いち》郎《ろう》

発行者　株式会社　養賢堂　代表者　及川　清

印刷者　株式会社　真興社　責任者　福田真太郎

発行所　〒113-0033 東京都文京区本郷5丁目30番15号　株式会社 養賢堂　TEL 東京(03)3814-0911 ［振替00120-7-25700］　FAX 東京(03)3812-2615　URL http://www.yokendo.com/

ISBN978-4-8425-0444-5　C1000

PRINTED IN JAPAN　製本所　株式会社三水舎